# L'ARCHE DU TEMPS

SÉRIE « SF Jimmy GUIEU »

Déjà parus

N° 1 — Au-delà de l'infini
N° 2 — Les monstres du néant
N° 3 — L'invasion de la Terre
N° 4 — Les Êtres de feu
N° 5 — Hantise sur le monde
N° 6 — Convulsions solaires
N° 7 — L'Univers vivant
N° 8 — Réseau dinosaure
N° 9 — La Dimension X
N° 10 — Chasseurs d'hommes
N° 11 — La spirale du temps
N° 12 — Nous les Martiens
N° 13 — Le monde oublié
N° 14 — Mission « T »
N° 15 — L'homme de l'espace
N° 16 — L'Ère des Biocybs
N° 17 — Opération Aphrodite
N° 18 — Expérimental X-35
N° 19 — Commandos de l'espace
N° 20 — Planète en péril
N° 21 — L'Agonie du verre
N° 22 — Univers Parallèles
N° 23 — La Grande Épouvante
N° 24 — Nos Ancêtres de l'Avenir
N° 25 — L'Invisible Alliance
N° 26 — Prisonniers du Passé
N° 27 — Piège dans l'espace
N° 28 — Les Portes de Thulé
N° 29 — Le Secret des Tshengz
N° 30 — Refuge cosmique
N° 31 — Demain l'apocalypse
N° 32 — Les Destructeurs
N° 33 — Les Forbans de l'Espace
N° 34 — La mort de la Vie
N° 35 — Joklun-N'Ghar la maudite
N° 36 — Le Règne des Mutants
N° 37 — Traquenard sur Kenndor
N° 38 — Cité Noé N° 2
N° 39 — Le Grand Mythe
N° 40 — Les Orgues de Satan
N° 41 — Expédition cosmique
N° 42 — Les Cristaux de Capella
N° 43 — Les Maîtres de la Galaxie
N° 44 — Opération Ozma
N° 45 — Les Rescapés du néant
N° 46 — L'Exilé de Xantar
N° 47 — L'Age noir de la Terre
N° 48 — Le Retour des dieux
N° 49 — Les pièges de Koondra
N° 50 — Les Sept sceaux du Cosmos
N° 51 — Les fugitifs de Zwolna
N° 52 — La terreur invisible
N° 53 — Le chevalier de Boongoha
N° 54 — L'ordre vert
N° 55 — Le triangle de la mort
N° 56 — Créatures des neiges
N° 57 — La force sans visage
N° 58 — La colonie perdue
N° 59 — Plan catapulte
N° 60 — La voix qui venait d'ailleurs
N° 61 — La charnière du temps
N° 62 — Les Légions de Bartzouk
N° 63 — Enjeu cosmique
N° 64 — La mission effacée
N° 65 — Opération Neptune
N° 66 — Les germes du chaos
N° 67 — Les veilleurs de Poséidon
N° 68 — Le Maître du temps
N° 69 — Manipulation Psi
N° 70 — Les Krolls de Vorlna
N° 71 — La stase achronique
N° 72 — Oniria
N° 73 — La lumière de Thot
N° 74 — Les yeux de l'épouvante
N° 75 — La clé du Mandala
N° 76 — Hiéroush la planète promise
N° 77 — Le rayon du cube
N° 78 — Les sphères de Rapa-Nui
N° 79 — La caverne du futur.
N° 80 — Projet King.
N° 81 — Trafic interstellaire.

science fiction

SF

# JIMMY GUIEU

Grand Prix du Roman Science-Fiction 1954
Prix du Roman Esotérique 1969
Grand Prix du Roman S.F. Claude Auvray 1973

# L'ARCHE DU TEMPS

VAUGIRARD

Illustration de couverture : Jean-Louis Morelle


ISBN 2-285-00486-9
ISSN 0-242-3715

## CHAPITRE PREMIER

Rob n'avait que vingt ans, mais il passait déjà pour l'un des meilleurs chasseurs de la tribu des hommes de la rivière. D'une robustesse peu commune, il s'était maintes fois mesuré avec les aînés de son village, au cours des luttes organisées à la nouvelle lune et, très souvent, les ovations du clan avaient marqué son triomphe ; aussi bien, son surnom de Rob le Fort était-il mérité.

Pour l'heure, Rob ne songeait guère à ses exploits passés. A l'affût dans les hautes herbes qui dominaient la source, assez loin du village, son javelot solidement en main, il épiait, silencieux, l'approche du gibier. Ses longs cheveux blonds rejetés en arrière, un genou à terre, son dos musculeux légèrement voûté par sa position d'attente, il commençait à sentir sur sa peau bronzée les premiers rayons du soleil.

Le murmure de la source et, à quelques centaines de mètres, les flots de la grande rivièire troublaient seuls le silence de cette matinée d'été. En se haussant prudemment par-dessus les herbes, Rob le Fort pouvait voir, au-delà de la rivière, l'immense étendue de la mer et, plus loin encore, la ligne claire de la grande île que les Anciens baptisaient de divers noms : île Nouvelle, île des Esprits et parfois même île de la Peur.

Rob ne savait pas au juste s'il s'agissait d'une croyance des Anciens de la tribu ou des Anciens-anciens.

Un frôlement, léger bruit de feuilles mortes remuées, le fit se tasser sur lui-même ; ses doigts se nouèrent plus étroitement encore sur son javelot. Ses narines frémirent et il huma l'odeur forte d'un sanglier des marais. Son odorat ne l'avait pas trompé : les petits grognements se rapprochaient. Placé contre le vent et en deçà de la source, la bête ne l'avait pas repéré, n'avait pu flairer sa présence.

Avec la souplesse d'un félin, il progressa contre le vent, veillant à faire remuer le moins possible les hautes herbes, puis il s'arrêta, aux aguets : les grognements devenaient plus proches. Il ne devait pas y avoir qu'une bête, mais plusieurs. Bientôt, Rob distingua le corps velu d'un mâle et celui d'une femelle, beaucoup plus grosse, suivie par deux marcassins.

D'un geste machinal, il s'assura de la présence du poignard au ceinturon de son pagne, regarda autour de lui et avisa un arbre, à une trentaine de mètres ; satisfait de cet éventuel refuge, il progressa de nouveau. Lorsqu'il fut à portée convenable, il visa le mâle, banda ses muscles, lança son javelot et attendit deux secondes pour jeter le feulement sinistre du lion.

Le javelot s'enfonça dans le flanc du sanglier qui roula dans la poussière tandis que femelle et marcassins, terrorisés par le cri du fauve — magistralement imité —, s'enfuyaient dans les marécages, vers le nord. Une fois encore, la ruse, la technique de chasse de Rob le Fort avaient triomphé ; pour peu que les autres chasseurs aient été eux aussi bénis des dieux, la tribu pourrait manger à sa faim plusieurs jours durant.

Rob s'avança, traversa la mare formée par la source qui glougloutait plus haut dans les rochers et arracha son javelot du flanc de la bête : un mâle qui devait bien peser une soixantaine de kilos. Le chasseur essuya la pointe métallique de la flèche dans les herbes ; une flèche qu'il avait confectionnée lui-même, à l'aide d'un morceau de métal trouvé deux ans plus tôt dans les ruines de ce qui avait été une immense cité, loin au nord-est, au temps des Anciens-anciens.

Avec une poignée d'herbes, il colmata la blessure saignante du sanglier afin que, en le portant, le sang ne dégoulinât pas trop en abondance sur son torse nu, ou sur son pagne en peau de chèvre.

Agenouillé, il s'apprêtait à soulever la bête pour la jucher sur ses épaules lorsque, au loin, un bruit bizarre le fit tressaillir et saisir de nouveau son javelot. L'oreille tendue, il écoutait ce bruit qu'il entendait pour la première fois. Ce n'était pas le grondement de l'orage —

le ciel était en effet dégagé — ni le fracas d'une cataracte, comme celle que vomissait la montagne, au nord-est. Non, c'était autre chose, moins bruyant, différent aussi.

Rob cherchait, dans ses souvenirs, un mot qu'il avait entendu prononcer parfois par le Sage ; un mot curieux qui devait pouvoir définir ce bruit lointain, persistant. Le chasseur regardait autour de lui : la forêt de l'est était calme, les oiseaux volaient normalement, point effrayés. Cela venait d'ailleurs, de l'ouest, de la mer. Abandonnant un instant son gibier, il suivit le sentier le long du ruisseau et atteignit la rivière qui s'étalait progressivement vers la mer et, là, Rob le Fort éprouva la plus grande surprise de sa vie.

Très loin vers l'ouest, la ligne blanchâtre de l'île Nouvelle n'était plus tout à fait la même. Une chose mystérieuse brillait en son milieu ; une chose qui, malgré la distance, paraissait pointue mais très large à sa base. Le bruit semblait bien provenir de là-bas, de cette « chose » curieuse jamais vue jusqu'ici. Les souvenirs des légendes, des contes ressassés par les Anciens sur l'île des Esprits ou de la Peur refluèrent à sa mémoire. Oui, quand il était enfant, les vieux, les Anciens du village présidant aux destinés de la tribu parlaient souvent des « choses » maléfiques, inquiétantes, survenues sur cette île immense qui n'existait pas du temps des Anciens-anciens et où nul n'avait osé aborder. Ces récits, on les tenait des tribus, des clans du nord dont les pêcheurs valeureux étaient réputés sur toute la côte.

Rob ne se souvenait pas très bien de ce que les Anciens racontaient, de ces histoires qui faisaient frémir les enfants et les femmes, le soir, autour du feu, notamment cette histoire rapportée par des pêcheurs dont le bateau avait été drossé par la tempête vers les côtes de l'île des Esprits. Il contempla longtemps encore cette éminence brillante au-dessus de la ligne d'horizon, constata que le bruit s'atténuait et se décida à retourner auprès du sanglier...

***

Le village se composait d'une vingtaine de cases construites avec des rondins, le toit conique recouvert de chaume, parfois de larges feuilles aux nervures tourmentées. Certaines comportaient, en guise de toit, des plaques de tôle cabossées, ou de matériaux plastiques disparates, recueillis dans les ruines de la vaste cité de l'Est, au cours des expéditions des Anciens. Le terme d'expédition convenait tout à fait à ces longues randonnées vers les vestiges informes de cette métropole où régnaient en maîtres d'innombrables vermines et autres insectes venimeux, sans oublier les terribles dangers de certaines zones, « empoisonnées » d'un poison invisible qui rongeait les chairs, faisait tomber les dents et les cheveux et vidait de leur substance les malheureux qui avaient commis l'imprudence de s'aventurer en ces lieux maudits.

D'autres chasseurs avaient précédé Rob, ainsi qu'en témoignaient les deux cerfs, le chien sauvage et le daim étendus sur le sol devant la case de Normandiv, le chef. Rob déposa son sanglier et salua le robuste Normandiv dont la joue droite portait la cicatrice d'une longue blessure récoltée au cours d'un combat avec les tribus de l'Est.

— Tu as fait bonne chasse, Rob le Fort, sourit-il. Bertrand et Korlof ne sont pas encore rentrés, mais, même s'ils revenaient bredouilles, notre village pourrait subsister pendant plus d'une semaine, avec ce gibier-là.

De la case sortit une jeune fille dont les cheveux noirs tombaient sur les épaules. Une très belle fille à la taille fine prise dans un court pagne en peau d'antilope orné de franges végétales multicolores, la même peau sans doute qui avait permis à son père de se confectionner son propre pagne pourvu, lui, d'une poche ventrale de laquelle il tirait parfois dès morceaux de racine blanche qu'il mastiquait consciencieusement.

Normandiv remarqua l'air embarrassé de Rob et la gêne fugitive de sa fille qui avait eu un instant d'hésitation, sur le seuil de la case. Il sourit, amusé :

— On ne dirait pas que vous êtes fiancés, tous les deux ! Approche donc, Louisa ! Et toi aussi, Rob... Rob le Fort.

Il saisit la main droite de sa fille et celle de

son fiancé et les rapprocha sans pour autant les joindre l'une à l'autre :

— A la prochaine lune, je referai ce geste en présence du Sage et des Anciens. Vous serez alors unis..., pour le meilleur et pour le pire, comme le disaient les Anciens-anciens.

Il les considéra, attendri, puis les rudoya gentiment :

— Allez, ne restez pas plantés là ! Filez et continuez de bâtir votre case ; cela fait plus de trois jours que vous n'y avez pas travaillé. De mon temps, les fiancés mettaient plus d'ardeur à construire leur toit ! Il est vrai que, jusqu'ici, vous vous en êtes bien passé, n'est-ce pas ? fit-il avec un clin d'œil malicieux. Vous préférez vous isoler sur les îlots de la rivière !

Rob hésita et, après avoir esquissé un vague sourire à Louisa, il se décida à parler :

— Nous irons à notre case un peu plus tard, Chef. Je dois tout d'abord t'apprendre une chose..., inquiétante.

— Ah... Bon. Dans ce cas, viens avec moi. A ton arrivée, je me rendais justement au Conseil des Anciens ; tu le vois, le village est vide. Les chasseurs sont dans la forêt, les femmes à la rivière...

Après un sourire à sa fiancée, Rob suivit Normandiv vers la grande case, en retrait du village, dressée au milieu d'une clairière.

Une dizaine d'hommes y étaient réunis, assis en cercle et mâchant des racines ou bavardant en attendant l'arrivée du chef. La plupart étaient des vieillards au visage creusé de rides, à la chevelure blanche ou grisâtre, barbus mais propres. Leur pagne ou leur cape en peau élimée portait un cercle rouge, insigne de leur qualité d'Anciens et membres du Conseil. Au milieu d'eux se tenait un vieil homme voûté, d'une maigreur effrayante, le torse excavé et dont le cou décharné se parait d'un collier de corail. Vénéré par toute la tribu, Pedro le Sage était le patriarche détenteur du savoir et nul n'aurait osé franchir le seuil de sa case sans y avoir été invité. Celle-ci abritait, il est vrai, les Livres Sacrés du Savoir et bien d'autres objets, étranges ou inquiétants aux yeux des membres de la tribu. Même Tchouka la Sorcière faisait montre de considération à son égard.

Normandiv et Rob s'inclinèrent, pleins de respect, devant le vieillard. Celui-ci répondit à leur salut et les invita à prendre place dans le cercle avant d'esquisser un sourire de sa bouche édentée :

— Le jeune Rob le Fort aurait-il, par quelque nouvel exploit, acquis droit de siéger parmi nous, Normandiv ?

Ce dernier secoua la tête :

— Non, Pedro le Sage, mais il dit avoir une importante communication à nous faire et j'ai cru bon de te l'amener.

— Tu as bien fait, Normandiv.

Et, s'adressant au chasseur :

— Parle, mon fils. Nous t'écoutons.

Rob entreprit donc de narrer ce qu'il avait vu et entendu, depuis la source, après avoir tué le sanglier ; avec sa franchise coutumière, il ne cacha point la crainte que ce bruit étrange et cette chose brillante avaient suscité en lui.

Le vieillard hocha la tête, perplexe :

— Refais un peu ce bruit bizarre ?

Avec des mimiques cocasses et, après plusieurs essais, Rob parvint à imiter tant bien que mal le bruit qui l'avait intrigué.

— Tu avais raison de dire que cela ne ressemblait pas au grondement de l'orage ni à celui d'une cataracte. Cela ressemble à une vibration.

— C'est bien ce mot-là que je cherchais, Pedro le Sage ! s'exclama-t-il. Une vibration ! Oui, c'est ça, c'est ce mot-là que je t'ai un jour entendu prononcer, quand j'étais enfant, à propos de..., d'une histoire où il était question de tremblement de terre, du cataclysme qui détruisit les villes des Anciens-anciens sur toute la Terre. Mais là-bas, près de la source, la terre n'a pas tremblé.

» Sais-tu, Vénérable Pedro, ce que c'était, cette vibration ?

— Comment le saurais-je, mon fils ? Je n'étais pas avec toi, je ne l'ai pas entendue... Et cette chose, qui brillait, veux-tu m'en faire un dessin ? fit-il en désignant la terre, à leurs pieds.

Rob ramassa une brindille et dessina sur le sol une sorte de triangle :

— Et ça brillait, ça brillait au soleil, là-bas, très loin, au milieu de l'île des Esprits. Sais-tu ce que c'était ?

— Tu as dessiné un triangle, mon fils et cela peut vouloir dire bien des choses... Mais une seule de ces choses contient l'explication. Cette chose, cette *cause*, il faudrait la trouver..., et, pour cela, il faudrait aller sur la Grande Ile...

Les Anciens, autour du patriarche, s'entre-regardèrent avec une vague inquiétude ; l'un d'eux, très noir de peau, les lèvres lippues et la chevelure crépue, remua gravement la tête :

— Nul n'a jamais franchi ce bras de mer, Pedro, pour gagne l'île Nouvelle et ceux du nord qui s'en sont rapprochés sont revenus fous de terreur ! C'est de là que vient le nom de l'île des Esprits ou l'île de la Peur.

Le Sage médita un long moment avant de répondre :

— Bongo, mon frère, tu as raison de rappeler à nos mémoires ces vieux souvenirs, mais les temps sont lointains où les hommes du Nord revinrent épouvantés de ces rivages mystérieux. Un jour, peut-être, des jeunes auront le courage de braver l'inconnu pour s'approcher de cette île Nouvelle où la légende veut que l'on entende les grondements des esprits et où, maintenant, aux dires de Rob le Fort, vient d'apparaître ce... triangle de lumière.

Le vieillard à peau sombre soupira :

— Les jeunes sont téméraires parfois et je ne crois pas devoir les encourager à tenter pareille aventure. Les hommes ne sont plus assez nombreux, mon frère Pedro, pour aller risquer leur vie dans l'inconnu. Notre Conseil a même jugé bon, avec sagesse, d'interdire des excursions individuelles vers la cité morte, loin, loin vers l'Est. Et même, lorsqu'une expédition nombreuse part là-bas, pour essayer de trouver certains objets ou matériaux de première utilité, dans les ruines, le groupe revient toujours, hélas! moins nombreux.

« Un triangle de lumière, réfléchit-il. Mes ancêtres vivaient dans une région au nord de laquelle s'élevaient certaines constructions, déjà en ruine du temps de leur vivant qui, au coucher ou au lever du soleil, brillaient parfois. Ne pourrait-il pas s'agir d'un phénomène analogue ?

— Tes ancêtres, mon frère Bongo, vivaient au Soudan, non loin d'un pays qui avait nom Egyp... ou Egypt, je ne me souviens plus très bien car je n'ai plus consulté les Livres Sacrés du Savoir pour ce genre de choses. Cela se trouvait au sud, très au sud de notre contrée. Or, l'île Nouvelle a surgi à l'ouest, après le cataclysme, bien après. Le continent où nous vivons s'appelait alors l'Europe et notre contrée la France. Ou du moins pouvons-nous *grosso modo* assigner ces noms-là à cette terre sur laquelle nos lointains ancêtres ont survécu, péniblement, après avoir échappé aux séismes, au déluge qui ravagèrent toute la planète (1).

» Une partie — la partie ouest — de l'Europe et donc de la France fut détachée du continent et sombra dans l'océan. Ailleurs, les tremblements de terre causèrent des ravages aussi épouvantables et nous ne savons même pas s'il y a eu des survivants. Nous avons une idée de la violence de la catastrophe qui

(1) Lire SF de Jimmy Guieu, n° 31 : *Demain l'Apocalypse.*

anéantit la civilisation des Anciens-anciens en contemplant les ruines de l'immense cité de l'Est.

— Comment s'appelait-elle, déjà, cette cité, Vénérable Pedro ? N'était-ce pas Bari ?

— Paris, Rob le Fort. Une ville géante comme il en existait un peu partout dans le monde. Une métropole avec des lumières qui brillaient toutes les nuits, avec des machines qui volaient dans les airs et d'autres qui roulaient sur des sentiers ; je dis sentiers pour que tu comprennes, Rob, mais il s'agissait en fait de larges voies dont la terre, la poussière, était recouverte d'une substance bien plate, dure et que l'eau du ciel ne pouvait transformer en boue. Là, dans cette cité, vivaient nos lointains ancêtres, avec des maisons plus hautes que les arbres de la forêt, avec des habits qu'ils pouvaient jeter quand ils étaient usés et pas avec des peaux de bêtes, comme nous.

— Ils ne chassaient pas, alors ? s'étonna Rob qui écoutait cette évocation des temps révolus avec la même avidité qu'il suivait, enfant, les contes, les traditions que ressassaient les vieux et les vieilles de la tribu.

— Non ; ce n'était pas nécessaire du moins, pas pour se nourrir ni pour s'habiller.

— Et pourquoi chassaient-ils, alors ?

— Pour se distraire mais pas avec des lances, comme nous, mais avec des armes qui crachaient des flammes et de toutes petites flèches, à bout arrondi.

— Et ces petites flèches sans pointe pouvaient tuer nos sangliers, nos lions, nos...

— Il n'y avait pas de sangliers ni de lions, alors ; du moins pas aux abords des cités. Les sangliers devenaient rares en Europe et les lions vivaient en Afrique, dans le pays des ancêtres de Bongo. Ceux qui vivent actuellement dans la forêt ont dû, soit venir d'Afrique — car il n'y a plus de mer, vers le sud, comme avant, depuis le cataclysme — ou bien, ils descendent des lions qui vivaient dans des jardins protégés par des barrières de fer et où les gens venaient les voir, pour se distraire, quand ils ne chassaient pas.

Rob le Fort, en dépit du respect qu'il vouait au patriarche, se demanda pourtant si celui-ci ne se moquait pas en parlant de ces armes qui crachaient le feu et des fléchettes à bout arrondi ! Il n'avait jamais lu pareille histoire dans les deux ou trois petits Livres Sacrés du Savoir où le vieillard enseignait la lecture aux enfants de la tribu. Il est vrai, raisonnait-il, qu'à lire sempiternellement ces mêmes Livres, sans avoir le droit de feuilleter les Grands Livres Sacrés, ne pouvait pas lui avoir appris beaucoup de choses sur les Anciens-anciens. Ces Grands Livres Sacrés étaient bien trop précieux pour être manipulés fréquemment par les jeunes et un jour viendrait où, lui aussi, aurait le droit de les consulter pour en apprendre davantage.

— Que décides-tu, Pedro le Sage ? questionna Normandiv.

— Ce qu'a vu et entendu Rob le Fort est trop

étrange pour que nous ne cherchions pas à en savoir davantage. Il faut donc, chaque jour, envoyer un homme sur les rives de la mer, ou à l'estuaire de la rivière, pour observer ce curieux phénomène dont l'île Nouvelle est le siège. D'ici à la prochaine lune, si rien de nouveau ne s'est produit, nous réunirons le Conseil et prendrons une décision pour savoir si nous devons ou non envoyer un messager aux hommes du Nord, les pêcheurs... Mais je doute qu'il nous soit facile, alors, d'en décider beaucoup à entreprendre une expédition vers l'île de la Peur.

Deux hommes, débouchant de la forêt, adressèrent un petit salut aux Sages du Conseil. L'un portait sur ses épaules un jeune daim et l'autre une poule faisane qu'il avait abattue avec son arc.

— Va, Rob le Fort, conseilla le patriarche. Nous allons poursuivre notre Conseil. Tu peux retourner au village.

Le chasseur prit congé et rattrapa Korlof, aussi blond que lui et pourvu d'un cou massif, d'épaules puissantes sur lesquelles il portait le jeune daim. A ses côtés, Bertrand faisait piètre figure avec son modeste gibier! Mais si Bertrand l'Adroit ne possédait pas la carrure de son ami Korlof, il n'avait en revanche pas son pareil, dans la tribu, pour tirer à l'arc et faire mouche!

Tout en marchant avec eux vers le village, Rob leur raconta son étrange aventure. Korlof — avec difficulté eu égard à son fardeau — tourna vers lui sa tête à la mâchoire carrée, puis grogna de sa voix rocailleuse et roulant les « r » :

— Si tu dis vrai, Rob le Fort, c'est là une chose extraordinaire ! Un triangle qui brille sur l'île des Esprits et ce bruit encore jamais entendu, faudra que j'aille voir ça ! On ira demain, hein, Bertrand ?

Peu chaud pour les entreprises téméraires, Bertrand fit la grimace :

— Demain, j'avais prévu de réparer le toit de ma case. Tu sais bien, je t'en ai parlé ?

— Oui, tu m'en as parlé, il y a plus de trois lunes ! s'esclaffa le Russe. Dis-moi, Rob, qu'a décidé le Conseil ?

— D'ici à la prochaine lune, si rien de nouveau ne s'est produit, un messager sera envoyé aux hommes-pêcheurs du Nord et les deux Conseils des Sages décideront si l'on doit tenter une expédition maritime vers l'île des Esprits.

— Parole, Rob, ça me plairait d'y participer ! Touches-en un mot au chef. Tu es d'accord, Bertrand ?

Devant la mine de son ami, inquiet à cette folle perspective, il rit de nouveau de son rire tonitruant :

— C'est vrai, j'avais oublié : le toit de ta case est comme une passoire et du dois le réparer !

***

Rob et Louisa, en cette fin d'après-midi, prirent du recul pour contempler leur case qui, peu à peu, s'édifiait à la lisière de la forêt, en bordure du village. Les murs en étaient presque achevés et il faudrait songer très bientôt à la doter d'un toit.

— Je crois qu'on a assez travaillé pour aujourd'hui, Rob. Nous allons prendre un bain ?

— Cela s'impose, fit-il en montrant ses mains, ses jambes couvertes de poussière, de terre et son épaule gauche sur laquelle avait séché le sang du sanglier.

Ils s'engagèrent dans le sentier, marchèrent un long moment en silence. Louisa avait pris la main de Rob et mâchonnait songeusement un brin d'herbe.

— Rob, se décida-t-elle à murmurer. Es-tu heureux, avec moi ?

— Je suis... bien, avec toi, Louisa.

L'hésitation ne lui avait pas échappé :

— Crois-tu que te sentir *bien* avec moi est suffisant pour lier ton existence à la mienne ?

— Et toi, Louisa ? questionna-t-il en s'arrêtant pour la fixer dans les yeux. Es-tu heureuse, avec moi ?

Elle se mit à sourire, amusée.

— Je suis... *bien*, Rob. Enfants, nous étions toujours ensemble, nous pêchions, nous nous promenions dans la forêt, près du village et par deux fois tu m'as sauvé la vie. Oui, je suis bien avec toi, mais je me demande si c'est là ce que l'on peut appeler être heureuse... Heureuse comme peut l'être une fiancée qui va s'unir avec un homme pour toute son existence.

— J'apprécie ta franchise, Louisa. J'éprouve

à peu près le même sentiment... d'indécision. Nos parents se réjouissent de notre prochain mariage, mais je ne suis pas tout à fait certain de t'aimer comme on doit aimer une femme-épouse.

— Je te comprends, soupira-t-elle, ennuyée. Nos fiançailles remontent à un an et nous aurions dû avoir la sagesse, l'un et l'autre, de les rompre quand il était encore temps, d'autant plus que nous n'avons pas eu d'enfant.

— Tchouka la Sorcière et les herbes y sont tout de même pour quelque chose, tu ne crois pas ? plaisanta-t-il en passant son bras autour de son cou pour continuer leur marche. Et, à présent, si nous annonçons notre refus — même réciproque — de nous marier, cela fera un beau scandale dans la tribu !

— Mmm, mmm, opina-t-elle. J'entends d'ici le Vénérable Pedro jetant sur nous l'anathème et nous rappelant les devoirs impérieux de procréer pour assurer la survie de l'espèce, menacée d'extinction depuis le grand cataclysme. Il a raison, certes, mais en dehors d'une profonde amitié amoureuse et d'une attirance physique vers toi, Rob, je n'ai pas le cœur à devenir ta femme.

— Les lois des Anciens sont mal faites, bougonna-t-il. Nous devrions avoir le droit de rompre, si nous l'estimons préférable, après une année d'expérience... prénuptiale.

— Elles ne sont pas mal faites, Rob : c'est nous, sans doute, qui pensons trop. Nous ne raisonnons plus comme les Anciens ni même comme nos parents. Nous aspirons à autre chose, à une vie différente. C'est peut-être une sorte d'atavisme, hérité de nos ancêtres — les Anciens-anciens — qui resurgit en nous, en toi, en moi, alors que chez les autres ce sentiment bizarre est atténué ou absent. Tu ne crois pas ?

— Peut-être, Louisa, peut-être as-tu raison.

A la lisière de la forêt, ils venaient d'atteindre la rivière, cette large rivière poissonneuse qui n'existait pas du temps des Anciens-anciens et dont le lit était constitué par une énorme faille géologique ouverte au cours du cataclysme.

Dans un creux de rocher, Rob cala son poignard, y logea son pagne, celui de sa compagne et, après avoir recouvert le tout d'une grosse pierre en prévision d'un mauvais coup de vent, ils plongèrent dans l'eau. Les deux jeunes gens nagèrent vers le milieu de la rivière et se laissèrent emporter par le courant, jusqu'à une langue de terre où poussaient des arbrisseaux et des buissons sur laquelle ils prirent pied.

Louisa ramassa une touffe d'algues tendres pour en frotter les épaules, les jambes de son compagnon ; ce dernier l'imita ensuite et appliqua doucement sur son épiderme cette plante aquatique qui exsudait une sève grasse et verdâtre. Ils replongèrent dans l'eau pour se frictionner, se débarrasser de cette sève odoriférante et, parfaitement propres, purent alors s'étendre sur un tapis de mousse.

Le soleil déclinait à l'horizon et la jeune femme frissonna. Rob la prit dans ses bras, la serra contre lui pour la réchauffer.

— Nous allons retourner au village, tu as froid.

— Je préférerais rester ici, Rob. Nous y sommes venus si souvent... C'est un peu notre demeure prénuptiale. Tu te souviens ? C'est toi qui as inventé cette expression que je trouvais si jolie.

— Que tu..., *trouvais,* Louisa ; tu vois, tu parles déjà au passé, toi aussi, soupira-t-il. Bon, allons chercher nos pagnes, mon poignard et installons-nous sur cet îlot pour la nuit... Ou plutôt non, va cueillir des baies sur notre petite île, pendant ce temps, je ramènerai ton pagne.

Au bout d'un quart d'heure, Rob reprit pied en aval, à l'extrémité de l'îlot verdoyant, après avoir nagé sur le dos, d'un seul bras, pour maintenir leurs pagnes hors de l'eau.

Louisa avait eu le temps de cueillir une ample provision de baies d'un rouge vif qu'elle avait disposées sur une série de larges feuilles. Elle revenait d'une autre cueillette — des sortes de pissenlits qu'elle ramenait par brassées ! — lorsque son compagnon apparut à travers les buissons.

— Pas trop mouillés, nos pagnes ?

— A peine, sourit-il en lui lançant le court vêtement de peau qu'elle adapta autour de sa taille mince. Je vais couper des branchages, indiqua-t-il en emportant son poignard.

Du centre de l'îlot, il rapporta de longues palmes qu'il étala sur la mousse afin d'en faire une litière que la jeune fille tapissa ensuite de grosses touffes de mousse arrachées à l'entour.

Tous deux en arrachèrent d'autres pour former un gros tas dont ils couvriraient leurs corps avant de s'endormir.

Les deux — singuliers — fiancés dévorèrent la salade sauvage et les baies sucrées puis, Louisa, en souriant, se leva et tendit sa main à Rob :

— Allons vers la pointe de l'îlot. De là-bas, on peut voir la Grande Ile. Tu me montreras ce que tu as vu, en début d'après-midi.

— Au fait, s'étonna-t-il en la suivant à travers les fourrés, on n'entend plus cette étrange vibration.

— Peut-être qu'il n'y a plus rien, plus rien du tout ? Peut-être aussi as-tu rêvé ?

— Sûrement pas ! se défendit-il.

Ils ne mirent pas bien longtemps pour franchir les quelques centaines de mètres qui les séparaient de l'extrémité ouest de l'îlot et, en sortant des taillis pour s'approcher de la grève, ils aperçurent, dans la nuit, loin sur la mer, une curieuse luminescence rouge, tel un triangle pourpre, diffus, voilé par la brume, dressé au-dessus de la ligne plus claire de l'île de la Peur.

— C'est étrange, en effet, murmura la jeune fille, vaguement inquiète en se serrant contre son compagnon. Je n'avais jamais vu pareil phénomène. Et les Anciens non plus, car ils nous en auraient parlé.

— Etrange, oui, mais silencieux. Plus le moindre grondement, plus de vibration, rien...

Ils sursautèrent soudain : du sommet de ce lointain triangle pourpre venait de fuser un vif éclat de feu, comme un éclair tandis que la coloration rouge cédait graduellement la place à une belle couleur bleuâtre.

— Qu'a-t-il bien pu se passer, Rob ?

Insensiblement, l'extraordinaire vibration perçue quelques heures plus tôt reprit naissance, mais sur un régime plus grave, plus lancinant, qui fit frissonner d'angoisse la jeune fille.

— Viens, Rob, je..., je ne peux plus regarder ce triangle lumineux. Je... je ne sais pas pourquoi, mais j'ai peur. Allons nous coucher ! Je regrette que nous ne soyons pas retournés au village, avant la tombée de la nuit...

## CHAPITRE II

Le lendemain matin, accroupi sur le seuil de sa case, le vieux Pedro le Sage avait écouté avec beaucoup d'attention — et quelque appréhension aussi — le récit que venaient de lui faire les deux jeunes gens. Il s'était arrêté de mâcher une rondelle de racine et réfléchissait.

— Pendant la nuit, vous n'avez remarqué aucune modification, dans l'éclat ou la couleur du triangle ?

— Nous avions froid et nous nous sommes couchés, Vénérable Pedro, répondit Louisa. Mais Rob s'est levé, au cours de la nuit...

— Oui, je suis allé jeter un coup d'œil, alors que la lune était très haute déjà. Le triangle avait conservé cette brillance bleu clair mais la vibration s'était tue. Et, ce matin, nous n'avons rien observé de nouveau avant de regagner le village.

— C'est bon, Rob, va me chercher Bertrand l'Adroit. Je vais le désigner pour rester sur la grève à surveiller l'île de la Peur...

Sa bouche édentée se fendit d'un sourire pour ajouter :

— Il n'est pas très courageux, mais il court vite. Ce sera toujours utile au cas où il lui faudrait nous avertir d'un danger venant de la mer !

Bertrand prévenu, les deux jeunes gens regagnèrent leur case en voie de construction, suivis par une bande d'enfants tapageurs qui s'étaient offerts à les aider.

— D'accord, les gosses, avait accepté Rob. Allez dans la forêt et rapportez-nous des branchettes bien droites et de longues palmes.

Et d'ajouter, lorsqu'ils se furent dispersés dans les bois :

— Comme ça, au moins, nous sommes sûrs d'être tranquilles un bon moment et de ne pas les voir se chamailler ou nous gêner dans notre tâche !

Bertrand l'Adroit, l'arc à la main, le carquois bourré de flèches haut suspendu dans son dos, passa devant leur case. L'air maussade, il paraissait peu enchanté de sa mission.

— Tu vas chasser ? questionna innocemment Louisa.

— Ben... Oui et non. Pedro le Sage m'envoie surveiller l'île des Esprits. J'avais bien besoin de ça, avec ma case dont le toit est une vraie passoire !

— Bah, cette surveillance n'est peut-être pas très dangereuse, ironisa Rob le Fort. Si tu en réchappes, tu pourras réparer ta case avant la saison des pluies.

Bertrand lui jeta un regard noir et s'enfonça

dans la forêt, en direction de l'estuaire de la rivière.

Au bout d'une demi-heure, les enfants reparurent, les bras chargés de branchettes et de longues palmes qu'ils déposèrent devant la case.

— Merci, mais il nous en faudrait encore, fit Louisa. Au fait, où est Kurt ? Il était avec vous, quand vous êtes partis.

Les gosses s'entre-regardèrent, réalisant effectivement que leur petit camarade n'était plus avec eux.

— Retournez dans le bois et cherchez-le, appelez-le pour...

Elle s'interrompit et tourna la tête au bruit d'un pas de course dans les taillis : le jeune Kurt, en proie à une vive frayeur, revenait en courant.

— Eh bien ! Kurt, que se passe-t-il ?

Reprenant son souffle, le gosse finit par expliquer, à voix basse et fort inquiet :

— J'ai vu des hommes, dans la forêt, Rob le Fort !

— Des hommes ? Quels hommes ?

— Pas du village, bien sûr ! Des hommes avec des lances, des arcs, des massues.

— Des hommes du Nord, peut-être ? hasarda Louisa.

— Non, ce n'était pas nos amis les pêcheurs. Ils viennent de là-bas, fit-il en désignant l'est. Dix au moins, ils sont et plus peut-être car je n'ai pas osé les regarder longtemps.

— Filez vite au village et ne faites pas de bruit ! Allez prévenir Normandiv, le chef, ordonna Rob en ramassant son javelot pour entraîner sa compagne à leur suite.

Lorsqu'ils arrivèrent sur la place du village, les femmes et les enfants, apeurés, s'étaient déjà rassemblés, prêts à fuir le village pour chercher refuge dans les falaises et leurs grottes, plus au sud.

Le robuste Korlof avait jeté sur le feu où cuisaient des aliments, une calebasse d'eau afin d'éviter de faire repérer trop rapidement le village par de la fumée ; d'autres hommes avaient prestement attrapé les quelques chiens faméliques, toujours en train de rôder, pour nouer autour de leur gueule des lanières de cuir tandis que les volailles de l'enclos étaient vivement enfermées dans de gros paniers que les femmes, dans leur fuite, emporteraient afin que leurs cris n'attirent pas l'attention des redoutables hommes de l'Est.

Le village évacué, Normandiv, à la tête d'une trentaine de chasseurs — devenus guerriers pour la circonstance —, se dirigea vers la forêt et répartit bientôt ses hommes à leurs postes, dans les branches des arbres, nettement en retrait du sentier que n'emprunteraient sûrement pas les agresseurs.

Car il ne faisait maintenant plus de doute qu'il s'agissait bien des représentants d'une tribu de l'Est, pillards et sauvages, alors que les groupes vivant près de la mer, eux, demeuraient pacifiques. A la suite du grand cataclysme qui avait ravagé la Terre dans les temps reculés, les rares survivants s'étaient regroupés, traînant une existence misérable pour ne pas mourir de faim. Certains, réfugiés au bord de la mer et à l'estuaire des rivières, avaient pu survivre plus facilement mais, à l'intérieur des terres, les rescapés, en maints endroits, étaient souvent retournés à un état d'animalité, faisant alors régner la terreur au cours de leurs expéditions guerrières destinées à s'approprier de nouveaux territoires de chasse.

Jusqu'ici, les rares efforts tentés par les tribus pacifiques pour établir des contacts, des pourparlers avec eux, dans le but de leur faire comprendre qu'une union des tribus était préférable à la guerre, avaient échoué.

Les femmes, les enfants, les vieillards qui fuyaient vers les falaises, en direction du sud, s'étaient arrêtés un instant. Aidé par Louisa, pour transporter dans un panier d'osier les précieux Livres Sacrés du Savoir, Pedro venait en effet de s'apercevoir qu'il avait oublié, dans sa case, l'un de ces inestimables ouvrages des Anciens-anciens.

— Non ! l'arrêta la jeune fille. Tu ne dois pas retourner au village, Vénérable Pedro, c'est trop risqué. Tu es vieux et ne pourrais te sauver si l'ennemi parvenait à...

— Ma vie vaut moins qu'un seul Livre Sacré du Savoir, ma fille ! répondit-il avec fermeté. Laisse-moi...

— Non, Vénérable Pedro, s'obstina-t-elle. Tu retardes la fuite de mes sœurs, de leurs enfants. Va, pars avec elles. Je vais retourner au village et prendre ce Livre Sacré.

— Tu es courageuse, ma fille, comme doit

l'être la fille d'un chef, mais sois prudente! N'oublie pas que les hommes de l'Est, il y a bien des lunes, ont déjà attaqué notre tribu et ont enlevé plusieurs femmes après avoir tué de valeureux guerriers de notre sang.

— Je serai prudente, Vénérable Pedro; va, et que les dieux te protègent, toi et mes sœurs.

La jeune fille rebroussa chemin et, à l'approche du village, elle se coucha sur le sol, rampa le plus silencieusement possible en contournant les amas de feuilles mortes pour progresser avec lenteur sur l'herbe verte.

Elle savait que son père et les autres s'étaient dissimulés dans les arbres, aux abords du village maintenant désert. Sans doute observaient-ils l'approche sournoise des hommes de l'Est. Avec précaution, elle se rapprocha des cases, les contourna et se risqua enfin à courir à découvert jusqu'à celle du Sage dans laquelle elle pénétra en se courbant en deux. Sous la couche du vieillard, Louisa découvrit aisément le précieux Livre Sacré du Savoir, enveloppé dans l'une de ces curieuses feuilles de matière transparente — si rare — ramenées d'une lointaine incursion dans les ruines de la cité morte, l'antique Paris. A travers la feuille transparente, craquelée, maculée de terre, elle parvint à lire le titre du Livre Sacré du Savoir :

— *Encyclopédie Autodidactique Quillet Tome III.*

Un gros livre, à la couverture râpée, en partie brûlée, roussie et dont plusieurs pages manquaient; d'autres, déchirées, après des générations de « lecteurs », avaient été collées entre deux minces bandes végétales presque transparentes. Elle prit sous son bras le Livre Sacré, quitta la case mais s'arrêta net, suffoquée de terreur en voyant surgir trois hommes au faciès bestial qui se jetèrent sur elle. Louisa lâcha le Livre Sacré et se débattit furieusement. Elle parvint à échapper à ses agresseurs et courut, mais quatre autres guerriers bondissant d'une case lui barrèrent le chemin. Ils l'empoignèrent et lui arrachèrent son pagne tandis que l'un d'eux, les yeux brillants de convoitise, nouait ses doigts autour de son cou.

Suffoquant à demi, terrorisée à l'idée du sort qui l'attendait aux mains de ces brutes lubriques, Louisa vit soudain les yeux de l'homme couché sur elle s'agrandir démesurément et sa bouche se tordre dans une grimace de souffrance, puis il s'abattit sur sa poitrine, une flèche enfoncée entre les omoplates !

Interdits, les autres guerriers avaient lâché leur prisonnière et regardaient autour d'eux, inquiets, en brandissant leurs lances et leurs massues.

Un javelot, en sifflant, vint se planter dans la poitrine de l'un d'eux ; ses compagnons prirent alors la fuite, poursuivis par une grêle de flèches dont plusieurs atteignirent leur but.

Descendant des arbres alentour avec une agilité surprenante, les hommes de la tribu s'élancèrent sur leurs traces. Rob le Fort vint aider Louisa à se relever, lui sourit et, sans perdre de temps, il arracha le javelot de la poitrine de sa victime et, au pas de course, il s'enfonça dans la forêt derrière ses compagnons.

Une heure plus tard, Normandiv et ses guerriers revenaient, ramenant en vainqueurs les armes de l'ennemi. Les hommes de l'Est, tués ou blessés alors qu'ils tentaient de violenter Louisa, furent traînés, puis jetés à la rivière. Pour être pacifiques, les tribus de l'Ouest et du Nord, en butte aux dangers de la forêt mais aussi aux agressions des barbares de l'Est, n'avaient pas pour habitude de s'embarrasser de pitié envers l'ennemi. La lutte pour la vie ne pouvait leur permettre ce genre de sentiment.

Prévenus par Louisa, les vieillards, les femmes et leur progéniture réfugiés dans les falaises regagnèrent le village, soulagés d'apprendre que les leurs ne comptaient aucune victime..., si ce n'était Bertrand qui, « victime » seulement de sa peur, était tombé à l'eau en voyant dégringoler du ciel les cadavres jetés par-dessus les rochers au pied desquels il montait la garde !

Pedro le Sage s'approcha du chef en serrant sous son bras le Livre Sacré du Savoir.

— Normandiv, mon fils, nous fêterons ce soir le triomphe de tes hommes, ta bravoure et tout particulièrement nous associerons à cet honneur le courage de ta fille qui n'a pas hésité à risquer sa liberté et peut-être sa vie pour sauver ce livre inestimable. Dis aux femmes de préparer la bière et le vin pour les libations.

— J'y veillerai, Pedro le Sage, sourit le chef, mais il faudra se contenter de vin. Nos amis, les hommes du Nord, ne sont plus venus depuis longtemps pour nous apporter de la bière. Mais qu'importe, le vin accompagnera nos chants d'allégresse et...

Fonçant coudes au corps à travers la forêt, Bertrand l'Adroit arriva, hors d'haleine. Instinctivement, le chef et ses hommes avaient repris leurs armes, prêts à faire front à une nouvelle attaque, mais Bertrand les rassura :

— Une bonne nouvelle, Chef ! J'ai repéré, sur la mer, les bateaux des hommes du Nord ! Deux bateaux qui font voile vers l'estuaire de la rivière.

— Nous aurons ce soir une grande fête ! jubila Normandiv. Nos frères du Nord partageront notre victoire et nos joies ! Allons les accueillir !

Tout le village, y compris les vieillards qui claudiquaient derrière les femmes, se rendit vers la rivière.

Les deux bateaux signalés par Bertrand s'étaient engagés dans l'estuaire. Longs d'une douzaine de mètres, dotés d'un mât et d'une voile brunâtre que le vent gonflait, ils emportaient chacun huit hommes, de solides pêcheurs au teint hâlé, aux bras musculeux, au torse puissant. Barbus et hirsutes, leurs longs cheveux blonds fouettés par le vent, ils répondaient aux signes d'amitié que leur adressaient les hommes, les femmes, les enfants de la tribu.

Rob le Fort reconnut, à la proue du premier bateau, Hervé la Chance, un pêcheur — le meilleur de son clan — guère plus âgé que lui et avec lequel, deux ans plus tôt, il avait participé à une campagne de pêche loin vers le sud.

Normandiv, lui, constata avec une certaine surprise que tous ces pêcheurs étaient jeunes et solides, le plus âgé ne devant pas avoir dépassé vingt-cinq ans. Cela le laissa perplexe car, généralement, les hommes du Nord comprenaient dans leurs équipages des pêcheurs d'âge mûr, aguerris au métier de la mer.

Hervé la Chance fut le premier à sauter sur la terre ferme tandis que ses hommes amarraient le bateau. De son pagne de cuir, il retira un fin rouleau d'écorce noué par une cordelette et le tendit au patriarche :

— Je te salue, Pedro le Sage et toi, Normandiv et vous tous, les amis des hommes du Nord. Je vous apporte le salut de Kréac le Sage et de Loritsen, notre chef.

» Ce message, Vénérable Pedro, te confirmera le but de notre venue et les raisons pour lesquelles nous sollicitons votre concours.

Le vieillard leva son regard vers les yeux bleus du jeune marin, pressa sa main dans les siennes et sourit aussi à ses compagnons :

— Soyez les bienvenus, frères du Nord, parmi les hommes de la rivière. Les dieux ont guidé vos embarcations pour que vous puissiez participer à ce jour de liesse. Venez, venez vous reposer, boire et manger à notre village.

***

Sacrifiant aux rites des tribus de l'Ouest et du Nord qui, sauf cas de force majeure, devaient partager des agapes fraternelles avant d'aborder en détail l'objet de leur rencontre, les uns et les autres firent honneur au repas préparé par les femmes ; repas agrémenté de gibier, de poissons et arrosé de bière apportée dans des outres par les hommes du Nord.

Hervé la Chance avait pris place entre son ami Rob le Fort et Louisa, face au patriarche et à Normandiv, le chef de tribu. Ce dernier, tout comme son futur gendre, d'ailleurs, avait remarqué les regards qu'échangeaient fréquemment la jeune fille avec Hervé, chef de cette expédition marine et il en concevait déjà une certaine fierté. Rob, lui, paraissait s'en amuser qui imaginait aisément la suite de cette rencontre entre les femmes du Nord et les femmes du village. La coutume ancestrale ne serait pas mise en défaut qui exigeait d'honorer de façon particulière les rares visites que se rendaient entre elles les tribus amies. Les Sages, après l'anéantissement des Anciens-anciens par le grand cataclysme, avaient édicté cette coutume sacrée : les femmes, les jeunes filles en âge de procréer, se devaient d'accueillir dans leur case les hommes venus en amis. Personne n'y trouvait à redire ; cela faisait partie des traditions observées de génération en génération et cette coutume devait, dans la logique pragmatique des patriarches, renouveler le sang des tribus par de constants apports extérieurs.

En revanche, la loi était draconienne qui interdisait la rupture des fiançailles après une année d'expérience sexuelle prénuptiale ; le divorce, sous certaines conditions, ne pouvait être prononcé qu'après la cinquième année du mariage. L'une de ces conditions — la plus favorable en cas de demande de séparation de l'un ou l'autre des époux — intéressait les couples qui, durant ces cinq années, avaient mis au monde au moins trois enfants. Le Conseil des Anciens estimant en cela que les époux désireux de divorcer avaient accompli leur devoir de procréation.

Le patriarche leva la main pour réclamer le silence et dénoua enfin la cordelette qui maintenait roulée la bande d'écorce sur laquelle Kréac le Sage — son homologue des hommes du Nord — avait tracé un message à son intention.

Il prit connaissance de la longue missive et, au cours de sa lecture, son visage ridé exprima une surprise grandissante. Ayant achevé de déchiffrer le message, le vieillard roula la bande d'écorce et déclara :

— A toi, Hervé la Chance, d'exposer à tes frères, les hommes de la rivière, le projet téméraire que vous avez conçu...

En soi, le terme « téméraire » n'était guère encourageant qui pouvait s'interpréter comme une réprobation. Néanmoins, le jeune pêcheur se leva et prit la parole :

— Hommes de la rivière, mes frères, nous sommes venus chez vous pour vous faire part, tout d'abord, de notre inquiétude. Vous avez pu observer, tout comme nous sans doute, l'étrange phénomène lumineux qui se manifeste sur la Grande Ile surgie des flots au cours du cataclysme qui engloutit les Anciens-anciens. Vous avez entendu, peut-être, ce bruit inquiétant, cette vibration tantôt assourdie, tantôt plus aiguë, qui semble provenir de l'île des Esprits. Jadis, l'un de nos bateaux, monté par de valeureux marins, fut pris dans la tempête et drossé vers les côtes de l'île Nouvelle. Ces marins, lorsqu'ils purent regagner notre port, étaient à moitié fous de terreur, disant qu'ils avaient entendu gémir et gronder les esprits de l'île et vu, la nuit, d'étranges lueurs loin dans la terre de cette île.

» Depuis, personne n'a jamais osé s'en approcher...

« Récemment au cœur de cette terre nouvelle, a surgi une chose curieuse, qui brille le jour et semble lumineuse la nuit ; une chose en forme de triangle, très haute sans doute puisque, située au milieu des terres, elle est visible de la mer et du continent.

» Kréac le Sage ne possède que très peu de Livres Sacrés du Savoir, mais toi, Vénérable Pedro, tu en détiens davantage. Peut-être pourras-tu nous renseigner sur ces phénomènes inconnus qui inquiètent les hommes de chez nous.

Le vieillard secoua la tête et soupira :

— J'ai consulté les Livres Sacrés du Savoir, mon fils, depuis que Rob le Fort nous a signalé tout cela. Hélas ! je n'y ai rien trouvé qui puisse l'expliquer. Mais que sont nos pauvres livres — une douzaine au plus — comparativement aux millions de Livres, plus ou moins sacrés, que possédaient les Anciens-anciens ? Grâce à ces Livres rarissimes, nous avons pu, au cours des âges, nous transmettre un embryon de savoir et ne pas sombrer dans la sauvagerie, comme ce fut le cas pour nombre de tribus de l'Est. Les Sages se sont succédé, apprenant à lire aux jeunes, leur répétant tout — et c'est bien peu — ce qu'ils avaient eux-mêmes appris.

Le vieillard, de nouveau, secoua tristement la tête.

— Non, Hervé la Chance, j'avoue mon ignorance : je n'ai rien trouvé dans mes Livres susceptible de percer le mystère de ce grand triangle lumineux et de cette vibration qui s'élève parfois, dure une heure ou deux et s'évanouit.

— En ce cas, Pedro le Sage et toi, Normandiv, je dois vous informer de notre décision de partir en expédition vers l'île Nouvelle. Nos deux bateaux pourront nous y conduire ; nous sommes une quinzaine, jeunes, forts et courageux, mais nous voudrions être davantage. C'est pour cela que, au nom de mes frères, je sollicite le concours, la participation des jeunes hommes de votre tribu amie. Nous l'accorderez-vous ?

Le chef et le patriarche se regardèrent, soucieux à cette demande publique que le vieillard avait lu, le premier, dans le message gravé sur l'écorce.

— Hervé la Chance, répondit le Sage, cette

folle entreprise risque d'être fatale à toi et à tes compagnons. Nos tribus survivent au prix d'une lutte incessante contre l'hostilité de la nature, sans compter les dangers que leur font courir les hommes de l'Est, ces barbares dont un groupe a lancé une attaque contre notre village, quelques heures seulement avant votre arrivée.

» Imagines-tu la perte irréparable que serait notre disparition, si vous échouez ? Les Anciens-anciens étaient en nombre considérable sur ce monde et ils pouvaient, animés par une folie périodique, s'entre-tuer sans que l'espèce humaine en fût pour autant menacée. De nos jours, les choses ont changé ; le grand cataclysme a rayé de la surface du globe ses habitants et nous ne restons, à survivre, qu'une poignée.

» Si vous, les jeunes, vous partez et ne revenez plus, ce ne sont pas, hélas, les vieillards qui pourront combler ce vide terrible, ni nos filles, privées de maris. Je ne voudrais pas jeter la réprobation sur la décision de mon frère Kréac le Sage, qui a cru pouvoir vous autoriser à tenter cette aventure, cependant, je ne puis me défaire d'un sentiment d'angoisse à l'idée que nos fils pourraient, eux aussi, vous suivre et y laisser leur vie.

» Hervé la Chance, toi et tes frères, devez réfléchir, réfléchir longuement avant de vous lancer dans cette entreprise qui, je ne crains pas de l'affirmer, risque de déchaîner sur vous le courroux des dieux. Je vais suggérer à mes frères du Conseil des Anciens de vous offrir l'hospitalité. Dans huit jours, vous aurez eu le temps de réfléchir à mes conseils. Et si, à ce moment-là, vous persistez, alors, je laisserai à nos fils le soin de se porter volontaires pour participer à votre expédition.

» Si celle-ci devait échouer et entraîner leur perte, toi, Hervé la Chance et tous les tiens seriez maudits à jamais devant ce malheur infligé à nos deux tribus sœurs.

— Au nom de mes frères, je te remercie de ton hospitalité, Vénérable Pedro et, suivant ton sage conseil, nous réfléchirons jusqu'à la semaine prochaine.

***

Le soir venu, les hommes du Nord et leurs hôtes se réunirent de nouveau pour fêter par des libations cette rencontre, mais, aussi, la victoire des hommes de la rivière contre ceux de l'Est. Le Sage Pedro rendit également un vibrant hommage au courage de Louisa, qui n'avait pas hésité à risquer la capture pour tenter de sauver le précieux Livre Sacré du Savoir, le troisième tome de l'*Encyclopédie Autodidactique Quillet,* malencontreusement oublié par le vieillard lors de l'évacuation du village.

La bière et le vin aidant, Bertrand l'Adroit gonflait la poitrine et, aux côtés de son ami Korlof — qui le dépassait d'une tête pour le moins —, il tenait des propos menaçants à l'endroit des Esprits qui infestaient l'île Nouvelle. A l'entendre, il allait s'embarquer avec les pêcheurs et faire là-bas un véritable carnage.

— Tais-toi donc, l'ami ! railla le Russe. Tu as beau être Bertrand l'Adroit, tes flèches traverseraient les Esprits comme une fumée et tu prendrais tes jambes à ton cou !

— Tu crois ça, Korlof, parce que tu as un cou de taureau, que tu es grand et fort comme Rob ? Tu verras, si je n'embarquerai pas avec vous, à la prochaine lune ! Tu verras.

— C'est tout vu, l'ami. Au moment de partir, tu te souviendras que tu n'as pas réparé le toit de ta case et tu déguerpiras, comme un poltron que tu es !

— Tu vas voir ! affirma-t-il en essayant de se lever. Tu vas voir, Korlof ! Je vais de ce pas la réparer, ma case, comme ça, pas de risque qu'au moment du départ, je...

— Reste là, fit-il en le maintenant par le bras. Ce soir, toi, moi et tous les hommes du village, nous irons dormir dans la case commune pour laisser nos filles et nos femmes honorer nos frères du Nord.

Battant des paupières, la bouche pâteuse, Bertrand l'Adroit, en dodelinant de la tête, saisit sa calebasse :

— C'est vrai, Korlof, honneur à nos frères du Nord et honneur aux fils qu'ils donneront aux villages !

Et de vider sa calebasse de bière avant de s'écrouler, fin saoul, sur l'épaule de son ami Korlof qui n'allait pas tarder à sombrer, lui aussi, dans les vapeurs de l'alcool.

Les hommes du Nord, eux, avaient eu la

sagesse — ainsi que le voulait la coutume — de boire modérément, imités par les femmes de la tribu.

Rob le Fort et Normandiv se levèrent ensemble, non vraiment ivres comme beaucoup des leurs, mais cependant en pleine euphorie. Le chef s'approcha d'Hervé la Chance, assis aux côtés de sa fille et il posa sa main sur son épaule :

— Hervé, mon fils, Louisa sera honorée de t'accueillir dans notre case et puissent les dieux vous accorder une descendance qui unira plus étroitement encore nos tribus sœurs.

Mœurs naturelles découlant des lois édictées par les Sages que hantait le souci de favoriser la survie, puis l'expansion, de l'espèce. Mœurs adoptées par tous...

Avant de s'éloigner, Rob et Louisa échangèrent un sourire amical mais, dans leurs regards, il y avait une lueur bizarre, indéfinissable ; un léger étonnement, peut-être, de constater que l'un et l'autre se demandaient si ce genre de vie, cette coutume et tant d'autres aussi, ne seraient pas remplacés un jour par des mœurs différentes ?

Eux-mêmes se sentaient, inexplicablement, différents de leurs frères et ce depuis leur plus jeune âge où, cachés dans la forêt ou bien jouant dans la rivière, ils rêvaient à d'autres horizons, à une vie nouvelle...

Enfants, ils s'étaient jurés de se marier.

Devenus grands et à l'âge pubère, leurs parents les avaient fiancés, secrètement. L'année dernière, Rob ayant atteint sa dix-neuvième année et Louisa sa dix-septième, leurs fiançailles avaient été prononcées devant le Conseil des Anciens. En attendant leur mariage fixé à l'année suivante, les deux jeunes gens avaient reçu licence de pratiquer l'expérience prénuptiale. Leur « amour » d'enfants s'était atténué, cédant la place à l'amitié à laquelle avait, chez l'un et l'autre, succédé le désir des sens. Celui-ci assouvi, ils avaient dû reconnaître que leur amitié demeurait intacte mais fort éloignée cependant de l'amour. D'où le conflit en perspective pour des esprits mutants comme le leur parmi les Anciens, avec leurs lois, leurs coutumes ancestrales qui se souciaient assez peu de la notion de bonheur et ne songeaient qu'à la pérennité de l'espèce.

Dans la case commune où s'étaient rassemblés les hommes de la rivière, Rob le Fort, allongé sur sa couche et rêvant à ses souvenirs d'enfant, d'adolescent, vit passer sur la place du village, entre les piliers de la case, la silhouette de Louisa que son ami Hervé la Chance tenait par la taille.

Il eut un sourire attendri, absolument dénuée de jalousie et murmura, comme pour lui-même :

— Sois heureuse, Louisa, petite amie des jours enfuis...

*
**

Au matin du huitième jour, le Conseil réuni dans la case commune, reçut Hervé la Chance et ses compagnons, ainsi qu'il en avait été convenu lors de leur arrivée.

— Vénérable Pedro et vous, les Anciens qui veillez sur la destinée de vos fils, je viens vous apporter notre réponse. Nous avons mûrement réfléchi et pris notre décision : même si vous deviez refuser à vos fils de nous accompagner, nous partirons ce matin même pour l'île de la Peur. Pardonne-nous, Sage Pedro, de te décevoir, mais notre parti est pris.

Le vieillard remua la tête et soupira selon son habitude :

— Hervé la Chance, mon fils, je n'ai jamais cru un seul instant que tu puisses changer d'avis, sache-le, mais il était de mon devoir d'essayer cependant de tempérer ton ardeur, ta témérité.

» Cela étant, il ne sera pas dit que nous vous laisserons affronter les dangers de l'ile de la Peur sans vous apporter le concours de nos valeureux fils.

Se tournant vers le chef, il ajouta :

— Normandiv, réunis les hommes du village et choisis parmi les volontaires les quinze qui accompagneront nos frères du Nord.

Le chef exécuta l'ordre du Sage et parvint à grouper une quinzaine de jeunes, parmi les plus courageux, dont Rob le Fort fut choisi par eux pour devenir leur chef au cours de cette périlleuse expédition.

Korlof fut le premier surpris de voir Bertrand l'Adroit tenir sa promesse — faite pourtant sous l'emprise des libations — et se porter volontaire. A l'amitié qu'il éprouvait pour lui s'ajoutait à présent de l'estime pour son courage. Un courage relatif, certes, à en juger par la mine légèrement contrainte qu'il affichait, mais un bon courage tout de même qui remplit d'orgueil sa femme et ses enfants.

Leurs lances, javelots, coutelas, soigneusement aiguisés, leurs pointes de flèches vérifiées, le groupe d'une trentaine d'hommes, suivi par tout le village, prit le chemin de la rivière.

Les femmes, les jeunes filles de la tribu, emportaient avec elles de gros paquets de vivres — viande boucanée, poissons séchés, racines, salades et baies sauvages sans oublier les outres d'eau et de vin — que les explorateurs allaient entasser bientôt dans les embarcations.

Avec l'insouciance de leur âge, les enfants gambadaient, joyeux, sur le sentier mais, déjà, les plus grands, ceux qui comptaient dix à douze ans, ne laissaient pas d'éprouver cette curieuse ambivalence faite à la fois d'attirance pour l'aventure et le danger, mais aussi de crainte à l'idée que ces hommes allaient devoir aborder l'île de la Peur de sinistre mémoire. Cette île dont, en fait, on ne savait rien au juste sinon qu'elle était réputée abriter des « esprits ». Et quand ceux-ci sont associés à un lieu aussi mal baptisé, il ne faisait guère de doute que lesdits esprits ne pouvaient qu'être malfaisants...

Parvenus au bord de la rivière, les paquets de vivres, les outres et les armes furent arrimés dans les deux bateaux. A leur point d'encrage, seule une partie de l'île Nouvelle était visible au sud-ouest et non pas le centre où se dressait le mystérieux triangle lumineux. Cela ajoutait à l'inquiétude des enfants — et de bien des adultes, d'ailleurs — qui imaginaient l'émotion des explorateurs lorsque, sortant de l'estuaire, ils pourraient voir cette pointe menaçante jetée comme un défi à leur courage vers le ciel.

Pedro le Sage invoqua la bénédiction des dieux sur les courageux représentants des tribus sœurs qui allaient affronter l'inconnu et l'on se sépara, les femmes et les jeunes filles regardant avec une lueur de regret dans les yeux s'embarquer ces beaux jeunes gens venus du nord et qui, huit jours durant, avaient été leurs seigneurs et maîtres.

Hervé la Chance, en serrant chaleureusement les mains du chef, ne put s'empêcher de jeter sur la foule rassemblée sur la berge un regard étonné :

— Normandiv, mon père, la belle Louisa aurait-elle oublié notre départ ? J'aurais eu plaisir à lui dire au revoir.

Le chef fronça les sourcils, réalisant, lui aussi, tout ce que l'absence de sa fille avait d'étonnant et d'inconvenant à la fois.

— Je ne m'explique pas son absence, mon fils. Serait-elle... malade ?

— Elle était en très bonne santé, quand nous nous sommes levés, ce matin, je te l'assure. Bah, dis-lui seulement que je la reverrai volontiers, à notre retour..., si les dieux nous sont favorables.

Il rejoignit ses hommes et, à la proue du bateau, fit un grand geste d'adieu à ses amis tandis que les deux embarcations s'éloignaient de la rive et commençaient à descendre la rivière.

Les hommes, les femmes, les enfants coururent sur la berge pour les accompagner jusqu'à la limite de l'estuaire et, peu à peu, l'horizon marin s'élargissant, ils ne tardèrent pas à apercevoir l'étrange phénomène dressé au milieu de l'île de la Peur.

Ils s'étaient soudain arrêtés pour jeter un cri d'étonnement : le triangle avait doublé de volume, triplé peut-être, en une nuit et dressait maintenant sa masse étincelante, inquiétante, sur laquelle le soleil du matin plaquait des éclats couleur de rubis...

## CHAPITRE III

Il ne fallut pas moins de cinq heures de navigation pour atteindre les abords de l'île Nouvelle. Cinq heures durant lesquelles les explorateurs sentirent croître leur anxiété en voyant grossir, de plus en plus distinctement, cet étrange triangle qui, loin au cœur de l'île, dressait sa pointe écarlate vers le ciel. Chose étonnante, le triangle étincelant paraissait incliné vers l'ouest et non pas vertical.

Surgie de l'océan à la suite du grand cataclysme qui avait détruit la quasi-totalité de l'humanité, cette terre nouvelle au relief tourmenté, aux côtes crayeuses et brunâtres par endroits, s'était peu à peu recouverte de végétation. Un courant chaud s'écoulait autour d'elle qui avait favorisé la croissance d'arbres, de végétaux subtropicaux, ainsi qu'en témoignaient ces palmiers, ces orangers et ces massifs de mimosas alternant avec des cactées et des eucalyptus.

Rob, Hervé et leurs compagnons, devant cette vision paradisiaque exhalant des senteurs odoriférantes, jamais rencontrées jusqu'alors, oublièrent un instant la fâcheuse réputation de l'île pour goûter pleinement ses sensations nouvelles, cet enchantement des yeux et de l'odorat.

— Ces hauts-fonds sont trop dangereux, constata Hervé la Chance après avoir examiné l'eau d'une extraordinaire limpidité. Nous allons descendre vers le sud, à la recherche d'une crique plus accessible.

Ils la trouvèrent après avoir longé la côte sur une quinzaine de milles et jetèrent l'ancre à quelques encablures de la grève. Ils entassèrent leurs lances, javelots, coutelas et une partie des vivres sur un petit radeau qu'il leur suffirait de tirer, en nageant, vers la côte. Déjà, une dizaine d'hommes avaient plongé dans la mer tiède lorsque Bertrand, les yeux soudain désorbités, pointa son index vers la poupe du bateau en bégayant :

— Les... Les Esprits ! Les Esprits de l'île ont grimpé sur le bateau !

Inquiets, Rob, Hervé et Korlof avaient saisi leurs javelots et les brandissaient vers ce paquet de voiles de rechange qui, à la poupe de l'embarcation, s'agitait, remuait mystérieusement. Il ne faisait aucun doute pour personne qu'il s'agissait bien d'un Esprit, mais convenait-il de l'irriter en essayant de le clouer avec les javelots, au risque de voir ses cris attirer ses congénères ?

La grande toile repliée, mal arrimée vers la poupe, s'agita de plus belle et l'Esprit montra d'abord sa main, son bras qui rejeta progressivement un pan de la toile puis deux seins apparurent, révélant aux hommes anxieux qu'il s'agissait d'un Esprit-femelle, ce qui ne les rassura pas pour autant !

Un deuxième bras parvint à se dégager, à soulever complètement le pan de toile..., pour dévoiler la tête et le buste de Louisa !

— Par tous les dieux ! s'exclama Rob le Fort en abandonnant son javelot pour aller dégager la jeune fille empêtrée dans la toile. Tu es folle de nous avoir suivis, d'avoir enfreint la loi des Sages !

Hervé la Chance, interdit, était resté en retrait, mais il se décida finalement à répondre au sourire de la jeune fille. Celle-ci s'était mise debout et rajustait, au ceinturon de son pagne, l'étui d'un poignard qu'elle avait emporté dans sa fuite.

— Je me moque de la loi des Sages, Rob. Et que m'importe si, par cette infraction, je suis bannie de la tribu. Voilà l'homme dont je serai la femme, fit-elle en s'approchant d'Hervé pour entourer sa taille de ses bras. De toute manière, Rob, n'avions-nous pas décidé de rompre nos fiançailles ?

— Si, mais là n'est pas la question, bougonna-t-il. Je suis responsable du groupe des volontaires de notre tribu, Louisa, et ta présence va singulièrement compliquer notre tâche.

— Rob, mon frère, déclara Hervé, je te dégage de ta responsabilité quant à Louisa et puisque vous avez l'un l'autre rompu votre serment de fiançailles pour rester comme frère et sœur, je prends Louisa sous ma protection. Es-tu bien d'accord ?

Rob le Fort consentit à sourire à son ami :

— Je suis d'accord, Hervé, mais cette situation nous vaudra bien des désagréments, quand nous retournerons chez nous. Toi et Louisa ne pourrez vivre désormais ni dans votre tribu ni dans la mienne. Où irez-vous ?

Hervé haussa les épaules :

— Peut-être chez les hommes du Sud, où nous ne serons pas connus et qui ignoreront l'anathème dont nous aurons été frappés ? Mais, pour l'instant, nous devrions faire des projets d'avenir moins lointains ! Qui sait ce qui nous attend, sur cette terre nouvelle dont la beauté dissimule peut-être les pires menaces ?

Bertrand s'approcha, embarrassé :

— Heu !... Ne crois-tu pas, Hervé la Chance, que je pourrais garder Louisa ici, sur le bateau, pendant que vous pousserez une reconnaissance sur l'île ? Une expédition dangereuse, ce n'est pas fait pour une femme...

— Rassure-toi, fit le pêcheur en riant de bon cœur devant ce stratagème facile à percer. Louisa sera plus en sécurité à mes côtés qu'ici avec toi. Mais si tu tiens absolument à garder les bateaux, nous te laissons...

Affolé à la perspective de cette solitude, Bertrand l'Adroit grimpa sur le bastingage et plongea pour nager vigoureusement à la suite des autres qui, déjà, prenaient pied sur la terre ferme.

Un quart d'heure plus tard, le groupe se

trouvait réuni sur la grève et chacun récupérait ses armes pour suivre les deux chefs de l'expédition. Ils s'engagèrent dans une palmeraie puis rencontrèrent bientôt des orangers dont les fruits dorés les intriguèrent. Ils en cueillirent, les reniflèrent, détachèrent une partie de l'écorce et trouvèrent agréable l'odeur de cette pulpe qu'ils goûtèrent d'abord prudemment. La saveur sucrée, légèrement acide, les enchanta et tous se mirent à dévorer ces fruits inconnus.

Bertrand fit une affreuse grimace et jeta son fruit, plus jaune et plus petit, qu'il avait croqué à belles dents ! Sa méprise était excusable : comment aurait-il pu, hormis la couleur, distinguer une orange d'un citron ?

— Allons, mes amis, décréta Rob, ne perdons plus de temps. Il est encourageant de savoir que nous ne mourrons pas de faim sur cette île, mais la route sera longue, encore, avant d'atteindre le triangle de lumière.

Ils se remirent en marche. Peu à peu, la végétation devenait plus chétive au fur et à mesure qu'ils gravissaient la pente d'une colline encombrée de rochers brunâtres. Lorsqu'ils en atteignirent le sommet, le spectacle qu'ils découvrirent leur coupa le souffle : à leurs pieds s'étendait une immense plaine bordée de collines et de montagnes et, très loin, au centre de cette cuvette, se dressait une masse écarlate, formidable, titanesque, dont la pointe semblait toucher les nuages.

— Le triangle de lumière ! murmura Rob, impressionné.

— C'est sa pointe, dépassant des crêtes de cette colline, que nous apercevions depuis le continent.

— Oui, Hervé, mais ce n'est pas un triangle, s'étonna Rob, intrigué. D'ici, on distingue *deux* triangles inclinés et soudés par l'un de leurs côtés. Oui, répéta-t-il, songeur. Pedro le Sage m'a montré un jour, dans l'un de ses Livres Sacrés du Savoir, une image qui ressemblait à... cette chose. C'était un assemblage de quatre triangles inclinés les uns sur les autres de sorte que leurs côtés se touchent.

— Il y aurait donc, selon toi, deux autres triangles..., derrière ces deux-là ?

— Oui, Louisa et cela forme une..., je crois bien que cette image s'appelait une pyramide.

— Quelle chose miraculeuse, murmura Hervé. Comment a-t-elle pu résister au cataclysme, au déluge qui a dévasté le monde des Anciens-anciens ? Toutes leurs grandes cités, sur le continent, sont réduites en poussière et ça, cette... pyramide a pu subsister. Je ne comprends pas...

— Ce serait merveilleux, Hervé, si nous pouvions trouver dans cette construction des objets intacts, des armes, toutes ces choses étranges que fabriquaient les Anciens-anciens et dont on voit les images, dans les Livres Sacrés du Savoir que conserve Pedro le Sage.

— Et si cette pyramide était défendue par les Esprits ? objecta Bertrand. Si nous déchaînions le courroux des dieux en voulant nous en approcher ?

— Les Esprits sont silencieux, répliqua

Rob le Fort. Nous n'avons plus entendu cette vibration bizarre qui traversait la mer et venait jusqu'à notre village. Allons, remettons-nous en marche.

Lorsqu'ils atteignirent les abords de la pyramide — dont la pointe culminait à sept ou huit cents mètres de hauteur —, le soleil déclinait à l'horizon et, harassés de fatigue, inquiets aussi devant cette masse écrasante, ils décidèrent de bivouaquer à une certaine distance.

L'endroit, verdoyant, avec des rochers moussus au creux desquels sourdait une source, leur parut un refuge réconfortant après avoir marché des heures durant à travers la plaine aux végétaux rabougris. Ici, poussaient des arbres et des arbrisseaux chargés de fruits, arrosés par la source mais aussi par un ruisseau qu'une petite cascade déversait, un peu plus loin, à travers les rochers. Le ruisseau s'étalait vers le sud, vers un bois qui s'étendait à perte de vue et semblait contourner l'angle sud de la pyramide.

Louisa dénoua les cordelettes des paquets et sortit les vivres pour les distribuer à ses compagnons tandis que Bertrand et Korlof allaient cueillir ces fruits rougeâtres dont la peau, dure, renfermait d'innombrables petits grains de couleur mauve ou de rubis séparés par une mince peau blanche.

— C'est aussi bon que les fruits trouvés lorsque nous avons débarqué, annonça Bertrand en déposant une ample provision de grenades sur le tapis de feuilles étalées par Louisa.

— Ces fruits inconnus, déclara Hervé en souriant à la jeune fille, nous allons les baptiser de ton nom : des Louisas !

— Merci, répondit-elle, flattée. Et les autres, ceux de la grève, sur le continent, nous en ramènerons à Pedro le Sage qui consultera ses Livres Sacrés du Savoir. Peut-être trouvera-t-il le nom que les Anciens-anciens leur donnaient ?

*
**

Le soleil était déjà haut lorsque les explorateurs sortirent du profond sommeil où la fatigue de la longue marche les avait plongés. Le sable doré où ils avaient dormi, un peu en retrait de la source, était encore tiède et ils se réjouissaient du doux climat qui régnait en cette île, pourtant de sinistre réputation. Des oiseaux pépiaient dans les arbres et les buissons et de menus insectes s'enfuyaient dans l'herbe à l'approche des hommes qui se rendaient au ruisseau. Plus au sud, celui-ci s'élargissait pour former un bassin naturel entre les rochers.

Rob et ses compagnons s'y baignèrent avant de retourner à leur bivouac pour dévorer de bon appétit quelques « Louisas » et autres pommes d'or. Dans ce décor paradisiaque où l'air embaumait, ils se sentaient heureux..., à condition de ne point jeter leurs regards vers l'immense pyramide qui, aux rayons du soleil, étincelait comme le rubis ! Là était l'inconnu, l'ombre au tableau de ce lieu béni des dieux !

Hervé, lui aussi, avait tourné la tête dans cette direction.

— Aujourd'hui, nous devons explorer la bordure même de la pyramide, Rob, et en faire le tour. Nous...

Une vibration sourde, lointaine, s'éleva qui lui coupa la parole et fit se dresser d'un bond tout un chacun. Ils se précipitèrent sur leurs armes et promenèrent autour d'eux des regards angoissés.

— Les... Esprits se réveillent ! bredouilla Bertrand, très pâle en retirant prestement une flèche de son carquois. C'est la même lamentation que nous entendions, depuis le continent.

— Vibration, corrigea Rob le Fort. Ce n'est sûrement pas la même car, si nous l'entendions avec la même intensité sur le continent, il est normal qu'elle ait été, ici, incomparablement plus forte ! Songe que nous avons navigué pendant cinq heures pour atteindre l'île Nouvelle et marché ensuite jusqu'à la nuit pour arriver ici. Non, cette vibration que nous entendons maintenant n'aurait pu être perçue du continent.

L'amplitude de ce bruit étrange monta graduellement, puis des craquements, des chocs secs, des sortes de bruits de cassures violentes lui succédèrent. Les hommes s'entre-regardaient, apeurés et Louisa se serrait craintivement contre la poitrine d'Hervé.

— Si ce sont les Esprits, il faut essayer de

les apaiser, suggéra Korlof, guère plus rassuré que son ami Bertrand.

— Venez, approchons-nous de la pyramide, conseilla Rob en s'avançant, le javelot au poing.

— Avec une inquiétude croissante, ils marchèrent vers la base de l'énorme construction et constatèrent alors, éberlués, que celle-ci n'était pas en pierre mais en métal ! D'énormes plaques d'un métal rouge rubis qui scintillait au soleil. Rob, de la pointe de son javelot, frappa prudemment ce métal, le tapota, puis tenta de l'érafler, en pure perte : la pointe acérée n'avait même pas rayé la surface lisse et brillante.

Par endroits, la face triangulaire, le long de laquelle ils progressaient, présentait des salissures, des maculatures de terre, de sable, qui s'étiraient longitudinalement à un niveau très élevé, peut-être à une centaine de mètres de hauteur. Au-dessus, le métal était plus net, plus brillant.

— C'est curieux, observa Rob. On dirait que... Mais oui, parbleu ! La pyramide était enterrée jusqu'à ce niveau supérieur. Puis elle a surgi du sol ! D'ailleurs, rappelez-vous : nous avons remarqué, en nous embarquant, hier, qu'elle avait grandi !

— Peut-être qu'elle pousse, comme un arbre ? fit Louisa, intriguée.

— Et qui vous dit que ce ne sont pas les Esprits de l'île qui la poussent ? s'alarma Bertrand. Ils la repoussent et nous allons peut-être les voir surgir de la terre, se ruer sur nous qui avons osé violer leur domaine !

Hervé la Chance était tout aussi perplexe que ses compagnons :

— D'accord, c'est peut-être les Esprits, mais nous nous sommes aventurés trop loin pour reculer. Même si nous devions fuir, il nous faudrait courir, marcher pendant presque toute la journée pour atteindre le rivage. Non, je suggère de continuer. Nous verrons bien. D'accord, Rob le Fort ?

— D'accord. Dirigeons-nous vers ce bruit étrange qui semble provenir du nord..., de la face nord de la pyramide. Et toi, Bertrand, cesse de brandir ton arc comme ça et ôte la flèche ! Tu vas finir par blesser quelqu'un !

A contrecœur, Bertrand l'Adroit débanda son arc et suivit ses compagnons en maudissant son imprudence et sa témérité qui l'avaient conduit sur cette île maléfique, aux apparences trompeuses avec ses vergers, ses sources et son doux climat.

Rob et Hervé, marchant en tête, ralentirent à l'approche de l'angle nord du titanesque édifice de métal : le bruit, la vibration sourde et continue devenaient plus précis. Avec précaution, les deux hommes risquèrent un œil par-dessus l'arrête angulaire et se reculèrent vivement, impressionnés par ce qu'ils venaient de découvrir. Raffermissant leurs doigts sur les javelots, ils s'enhardirent et entraînèrent les autres qui, à leur tour, éprouvèrent bientôt la même frayeur.

Loin au milieu de la face nord, une lueur

bleuâtre s'élevait du sol tandis qu'une chose bizarre, assez haute, sortait avec une infinie lenteur de la paroi métallique inclinée.

— Restez en arrière ! ordonna Rob. Hervé et moi allons voir de plus près ce qu'il se passe, là-bas.

Ils s'éloignèrent, s'arrêtant parfois lorsque la « chose » qui émergeait lentement de la base de la pyramide faisait éclater un rocher tout en repoussant une masse de terre sur le côté. Les deux hommes s'écartèrent de la paroi, firent un assez long détour afin de pouvoir contempler, de face, cette « chose » bizarre. Il s'agissait d'une espèce de coin de métal rougeâtre, maculé de terre qui sortait de la pyramide, brisait lentement les rochers, rejetait la terre sur ses côtés. Une « chose » massive, haute d'une dizaine de mètres, large de cinq à la partie qui émergeait de la paroi.

Sous la lente poussée, un rocher se fendit de nouveau ; la vibration augmenta de régime et, graduellement, ce coin monstrueux de métal s'écarta, se sépara en deux parties qui s'écartèrent l'une de l'autre en creusant dans la terre, le sable et le roc, une fosse large de cinq mètres. L'écartement des deux « mâchoires » brunâtres se stabilisa sur une ouverture sombre, telle une gueule de démon...

Du geste, n'osant point parler, les deux hommes appelèrent leurs compagnons qui les rejoignirent, apeurés.

— C'est l'antre des Esprits ! gémit Bertrand en frissonnant.

Soudain, un vacarme épouvantable déchira

le silence ; un bruit affreux de métal cognant contre le métal qui sonna la débandade des explorateurs dont la témérité folle devait avoir irrité les Esprits maléfiques de l'île ! Et ce bruit terrible, assourdissant, qui les poursuivait !

Hors d'haleine, ils se réfugièrent derrière un amoncellement de rocs et risquèrent un œil, pour tenter de découvrir à quoi ressemblaient ces Esprits monstrueux dont les glapissements les glaçaient de terreur. Sidérés, incapables de parler, Rob et ses compagnons mirent un long moment avant de réaliser que ces chocs sourds, violents, ne provenaient pas des Esprits mais d'un autre phénomène. Sur toute la face nord de la formidable pyramide, des plaques de métal se rabattaient l'une après l'autre, basculaient en avant sur des sortes de charnières géantes et démasquaient, par bandes séparées en hauteur d'une quinzaine de mètres, une paroi interne transparente qui miroitait au soleil. De la base au sommet de la pyramide, ces plaques basculaient, découvrant chaque fois une nouvelle fraction de la paroi intérieure limpide comme l'eau.

De leur cachette, les explorateurs, épouvantés par ce vacarme, pouvaient voir en enfilade la face ouest qui présentait le même phénomène. Au bout d'un quart d'heure, le tintamarre des énormes plaques s'entrechoquant s'arrêta et la pyramide, sous son aspect nouveau, se mit à réfléchir le soleil par bandes pourpres alternant avec les bandes miroitantes, plus claires, des parois internes dégagées.

— Je vous le didi..., disais, bégaya Bertrand. Nous avons irrité les Esprits de l'île! Ils ont cru que nous voulions escalader cette pyramide et ont tenté de nous écraser en rabattant sur nous ces plaques de métal aussi épaisses que l'une de nos cases!

La logique de ce raisonnement paraissait sans bavure, néanmoins, Rob le Fort rétorqua :

— Des Esprits capables de manipuler des plaques aussi formidables ne devraient pas craindre tellement des hommes de chair comme nous. Pourquoi, lorsque nous avons pris la fuite, ne nous ont-ils pas lancés ces plaques de métal qui nous auraient broyés comme des insectes? Allons-nous retourner vers le rivage et cingler vers le continent, après avoir touché au but? Hervé la Chance, qu'en penses-tu?

Hervé fit une moue perplexe, puis :

— Je pense que des chefs doivent se conduire en chefs, Rob. Si tu es d'accord, nous irons tous les deux voir cette... gueule de plus près, fit-il en désignant l'ouverture à la base de la pyramide.

— Tout à fait d'accord, mon frère, acquiesça-t-il.

— Je vais avec vous, se décida Korlof en brandissant sa lance.

Sous les regards inquiets de la troupe, les trois hommes s'avancèrent, de plus en plus surpris en constatant que l'ouverture, naguère sombre comme la nuit, était maintenant éclairée *de l'intérieur.* Une lumière bleutée laissait apercevoir une salle immense.

Ils firent halte, cherchant à comprendre ce nouveau phénomène. Ce fut Rob, qui, le premier, réalisa :

— En basculant, ces plaques ont dégagé, tout au long de la façade de la pyramide, des murs qui ressemblent à de l'eau ! Le soleil éclaire et traverse l'eau. De même, ici, le soleil traverse ces murs.

— C'est ça, Rob, c'est bien ça ! approuva Hervé. Dans le temps, j'ai participé à une expédition loin, loin vers le nord. Nous avons vu, flottant dans la mer, des rochers blancs, parfois presque bleus et à travers certains de ces rochers plats, on pouvait voir briller le soleil. C'était de l'eau, mais de l'eau dure, sur laquelle on pouvait marcher. Nous y avons chassé le phoque et l'ours.

— De l'eau dure ? répéta Korlof, incrédule.

— Dure et très froide, oui, tu peux me croire. Chez nous, et chez vous, les hommes de la rivière, il fait trop chaud et l'eau ne peut pas devenir dure, selon la saison, mais loin, loin vers le nord, oui, c'est comme ça. Il y a un temps, dans l'année, où cette eau dure fond sous l'éclat du soleil.

— Mais ces murs d'eau dure, fit-il en désignant du menton les parois transparentes alternant avec les parois de métal, pourquoi ne fondent-ils pas ? Il y a du soleil, pourtant ?

— Ça, je ne sais pas, Korlof, avoua Hervé.

Ils se remirent en marche, et, de nouveau,

s'arrêtèrent devant la mâchoire de métal qui avait fait éclater les rochers en sortant de la base de l'étrange édifice. Après une ultime hésitation, ils s'avancèrent, appréhendant à chaque pas que ces redoutables mâchoires ne se referment pour les broyer, mais rien ne se produisit et ils débouchèrent finalement sur le seuil d'une salle immense, encombrée de choses qu'ils n'avaient jamais vues, incompréhensibles pour eux, tels ces interminables alignements — oui, cela ressemblait un peu à des sortes de cases, mais en beaucoup plus grand — d'objet arrondis dotés de grandes fenêtres en « eau dure » avec, au sommet, un curieux toit bombé, également en « eau dure ».

— Les cases des Esprits, peut-être ? hasarda Hervé, peu rassuré.

Marchant sur la pointe des pieds, ils arpentèrent ce sol de métal, lisse et froid et contemplèrent longuement ces étranges « cases » dépourvues de portes. Il y en avait une telle quantité que leurs notions numériques étaient insuffisantes pour en évaluer le nombre exact.

— Il semble que les Esprits se sont endormis, chuchota Rob le Fort. Nous devrions aller chercher les autres pour qu'ils voient tout cela, sinon, ils ne nous croiront jamais !

Korlof accepta d'aller annoncer l'étonnante découverte à leurs compagnons et, quelques minutes plus tard, il revenait avec eux.

Qu'ils soient du nord ou de la rivière, les explorateurs composant cette expédition promenaient autour d'eux des regards ébahis. Ils se sentaient faibles et désarmés devant l'écrasant spectacle de cet « antre des Esprits », lesquels avaient la bonne idée de ne point sortir de leurs « cases » !

Parlant à voix basse, Rob conseilla :

— Venez, nous avons trouvé un chemin taillé dans le métal et qui grimpe dans la pyramide.

En se serrant les uns contre les autres, ils le suivirent et empruntèrent, au fond de la salle démesurée, un large escalier de ce même métal pourpre dont l'édifice était recouvert. Ils arrivèrent dans une salle de même proportion que la précédente, à la différence près que celle-ci était beaucoup moins haute de plafond et dépourvue de « cases ». En revanche, à perte de vue s'alignaient des rangées de blocs de cette étrange « eau dure » à travers laquelle, au comble de la stupeur, ils reconnurent des corps allongés. Des corps identiques aux leurs mais nettement plus grands, à la peau cuivrée et entièrement nus. Des centaines et des centaines de corps d'hommes, de femmes, d'enfants, mais très peu de vieillards.

— Les Esprits ! chuinta craintivement Bertrand. Ne les réveillons surtout pas...

Et malencontreusement, il fit tomber son arc ! Le bruit, insignifiant pourtant, leur parut assourdissant mais pas un seul des « Esprits » n'avait bronché ! Ils dormaient profondément et ne paraissaient même pas incommodés par les rayons du soleil qui rentraient à flots à travers les quatre murs transparents de cette section de la pyramide.

— C'est bizarre, qu'ils viennent dormir là et non pas dans leurs cases, murmura Louisa en se rapprochant du premier bloc transparent qui renfermait un « Esprit » dont la taille devait dépasser deux mètres.

Rob et Hervé entraînèrent leurs compagnons à travers les longues rangées de sarcophages, puis ils constatèrent que, au centre même de la salle, l'un de ces blocs était juché sur un piédestal pourvu de marches. Ils les gravirent et contemplèrent, avec une admiration mêlée de crainte, l'étrange beauté qui gisait là, sous son socle « d'eau dure ». Une jeune fille, aux longues mèches blondes étalées sur un coussinet vermeil, d'une beauté surhumaine, dont le grain de peau avait une finesse incomparable, dont l'épiderme cuivré paraissait irisé par les rayons du soleil qui inondait son corps de déesse.

Rob ne parvenait pas à détacher son regard de cette jeune fille qui, les bras étendus le long du corps, les jambes jointes, les paupières closes, paraissait être une statue.

— Mais ! finit-il par articuler d'une voix soudain altérée par l'émotion. Elle... Elle est morte ! Regardez ! Elle ne respire pas !

— Les autres, non plus, ne respirent pas, confirma Hervé. Peut-être est-ce normal, chez les Esprits ? Qui peut le savoir ?

— Venez, conseilla Hervé, allons visiter les autres salles. Le chemin de métal continue, là-bas.

Ils regagnèrent le palier et gravirent de nouvelles marches pour aboutir dans une troisième salle, sensiblement moins grandes puisque située à un niveau supérieur de la pyramide. Là, une autre surprise les attendait qui faillit les faire détaler à toutes jambes...

D'autres blocs en « eau dure » s'alignaient en rangées parallèles, mais d'un volume très supérieur aux précédents et, dans chacun de ces blocs, ils eurent la stupeur de découvrir des animaux ! Les uns familiers — vaches, bœufs, chevaux —, d'autres totalement inconnus d'eux, tels ces énormes monstres hauts comme deux hommes, avec de grandes oreilles, un nez exagérément long, quatre pattes massives et une queue ridicule ! Leur peau grisâtre était toute plissée, recouverte d'un fin duvet de crins qui se confondait avec leur peau.

— Chaque « case » en eau dure abrite deux couples de bêtes, nota Louisa. C'est drôle, non ? Comment ces animaux peuvent-ils vivre entre eux sans se battre, à leur réveil ? Et que mangent-ils ? Nous n'avons vu nulle part du fourrage, des graines, des plantes pour les nourrir.

— Et pas la moindre trace d'excrément, par terre, ajouta Korlof. Ils doivent pourtant bien quitter leurs « cases », pour manger et vivre comme tous les autres animaux.

— Eh ! Venez voir ! lança Bertrand.

Ils le rejoignirent devant un bloc qui occupait tout un angle de la salle inondée de soleil et virent, sur des alvéoles, des œufs. Des œufs de toutes espèces, petits et gros, blanchâtres, brunâtres ou mouchetés, par centaines. Plus loin, dans des bacs également recouverts d'une plaque transparente, ils reconnurent des graines, des semences innombrables.

— La réserve de vivres des Esprits, sûrement, émit Hervé la Chance.

— Un peu maigre, tout de même, pour le grand, grand nombre que nous en avons vu, supputa Rob. Mais peut-être mangent-ils beaucoup moins que nous ?

— En tout cas, ils semblent dormir davantage.

— Et s'ils étaient morts ?

— Voyons, Korlof, objecta Rob. S'ils étaient morts, ils n'auraient pas rabattu les plaques de métal, tout à l'heure. A travers leurs murs d'eau dure, ils ont dû nous épier, voir que nous n'étions pas des guerriers de l'Est et se sont recouchés, sachant bien que nous n'allions pas les attaquer.

— Et ils se seraient tous rendormis comme ça ? Sans même chercher à savoir qui nous étions, ce que nous voulions ?

Hervé remua la tête, pensif et ajouta :

— Non, il y a dans cette pyramide quelque chose que nous ne comprenons pas. Des Esprits, c'est supérieur aux hommes ; leurs bijoux, leurs peaux de bêtes doivent être plus beaux, beaucoup plus beaux que les nôtres. Or, ces hommes, ces femmes s'endorment nus, sans pagne ni bijou.

— Et ils dorment séparés, renchérit Louisa. A-t-on jamais vu des maris et des femmes dormir séparés ? Dans des boîtes en eau dure ? Et pas dans leurs cases... qui, d'ailleurs, n'ont pas de porte, seulement des fenêtres ?

— Les Esprits sont les Esprits et les homme sont les hommes, fit Bertrand qui, soudain, se figea et pâlit.

Une vibration, différente de celles qu'ils avaient entendues jusqu'ici, venait de prendre naissance sous leurs pieds! Une vibration sourde, ponctuée d'étranges modulations qui les fit frémir de terreur.

Sans se concerter, ils se ruèrent vers l'escalier et dévalèrent les marches pour ralentir à l'approche du palier qu'ils traversèrent sur la pointe des pieds, brandissant javelots et lances vers l'entrée de la salle inférieure où dormaient les « Esprits ». Ils s'arrêtèrent, cloués sur place, prêts à lancer leurs armes contre ces étranges lueurs bleuâtres qui entouraient maintenant certains de ces blocs transparents. La lueur était plus vive au-dessus du sarcophage central juché sur un piédestal.

Rob le Fort, fasciné par le souvenir de la merveilleuse beauté qui dormait sous ce dôme d'eau dure, s'avança. Hervé voulut le retenir, mais il se dégagea, marcha entre les rangées de sarcophages, gravit lentement les marches de métal et, avec appréhension, il fit les quelques pas qui le séparaient encore de cet « Esprit » féminin placé plus haut que tous les autres.

A travers la lueur bleuâtre, le corps de la jeune fille paraissait parcouru par un lent, un très lent frisson. Son épiderme cuivré était strié de fines bandes invisibles qui ondulaient, exerçant un massage des tissus cependant que sa poitrine aux formes épanouies commençait à se soulever avec une infinie lenteur, dans un rythme respiratoire de grande amplitude.

Sur les côtés du sarcophage, des lumières venaient d'apparaître, de diverses couleurs, qui répandaient sur ce corps juvénile une gamme de teintes mouvantes du plus étrange effet.

Rob se recula vivement, impressionné : le corps de la jeune fille venait de s'élever doucement sans qu'elle eût pour autant ouvert les yeux. Toujours endormie, elle tournoyait lentement sur elle-même dans son sarcophage tandis que des mains invisibles massaient son corps, son dos, ses reins, se jambes d'une perfection extraordinaire.

Hervé la Chance et quelques autres s'étaient enhardis à venir jusqu'au pied des marches menant aux sarcophages.

— Alors, Rob, qu'est-ce que tu regardes ? chuchota son ami.

Rob se retourna, en sursaut et du geste lui fit comprendre de se taire ou de ne pas l'importuner ; puis il se replongea dans la contemplation de cet Esprit qui, à ses yeux, incarnait la déesse de la beauté.

Le corps ralentit graduellement sa rotation ; son épiderme cessa d'être parcouru par ce mystérieux massage et le corps redescendit doucement, s'immobilisa dans le sarcophage. Un déclic sec se fit entendre — Rob bondit de côté, prêt à déguerpir — et le couvercle en « eau dure » se souleva, bascula lentement de côté...

## CHAPITRE IV

L'ouverture du sarcophage avait donné la débandade et tous les membres de l'expédition — à l'exception de Rob le Fort — s'étaient éloignés pour se tapir, javelot en main, derrière la multitude de blocs abritant les autres Esprits endormis.

Fasciné, Rob ne pouvait détacher ses regards de cette jeune fille à peau cuivrée qui, lentement, battait des paupières, ouvrait les yeux et cillait violemment en l'apercevant à son chevet. Un indicible étonnement se peignit sur ses traits et elle saisit de ses fines mains les bords du sarcophage pour s'asseoir en promenant autour d'elle ses yeux déroutés. A travers la paroi transparente de cette section de la pyramide, elle contempla longuement la lumière du jour, plissa une seconde les paupières pour fixer le soleil qui s'élevait à l'horizon et inondait son corps, puis elle leva la tête vers Rob et lui sourit en prononçant quelques mots d'une voix chantante ; des mots dont le sens lui échappa complètement.

Un peu gauche, Rob déglutit :

— Je te salue, ô Reine des Esprits. Mes frères et moi ne voulions pas te réveiller, troubler ton sommeil. Epargne-nous ta colère...

Elle le fixa curieusement, sourcils froncés, cherchant à comprendre à son tour sans y parvenir, puis elle lui présenta ses mains. Rob ne savait que faire. Devant l'insistance, l'étonnement de la « Reine des Esprits », il se décida à poser son javelot et, avec appréhension, il finit pas refouler ses craintes pour saisir les mains qu'elle lui tendait. Il comprit alors qu'elle attendait son aide pour quitter le sarcophage ; il lâcha ses mains, la souleva comme il l'eût fait d'une plume et la déposa sur le piédestal, hors du sarcophage, pour la lâcher aussitôt et se reculer d'un pas. Son attitude apeurée amena un sourire chez la jeune fille ; nullement gênée par sa nudité devant cet homme au pagne taillé dans une peau de bête, elle se pencha sur le sarcophage pour exercer une pression, à l'un de ses angles. Une plaque de métal s'ouvrit sur le côté du socle et la « Reine des Esprits » retira de la cavité un ensemble d'objets bizarres, tout d'abord une sorte de court pagne doré qu'elle fixa à sa taille fine par une ceinture constellée de pierreries chatoyantes. Elle passa ensuite autour de son cou un large collier, également doré et orné de gemmes richement colorées ; un collier auquel était suspendu un triangle de métal pourpre sur lequel étaient gravés des signes, des dessins étranges. La « Reine » enfila ensuite autour de ses bras des bracelets constellés de diamants, d'émeraudes, de rubis qui jetaient mille feux aux rayons du soleil. Puis elle s'empara d'une espèce de bâton, ou de tube doré terminé par une sphère écarlate qu'elle considéra, un instant, avec émotion avant de reporter son attention sur tous ces hommes vêtus de peaux de bêtes qui se terraient en tremblant derrière les sarcophages.

— Ce sont mes frères, ô Reine des Esprits, tenta d'expliquer Rob, avec appréhension. Ne jette pas sur eux ta colère car ils sont bons et courageux, vaillants chasseurs et pêcheurs habiles, mais aucun d'eux n'a profané les boîtes d'eau dure où dorment tes sujets, les Esprits.

La jeune fille le regarda longuement, examina sa puissante musculation, nota à son flanc une cicatrice, vestige d'une ancienne blessure et lui sourit en levant la main pour l'appliquer, à plat, sur sa poitrine.

Rob demeurait hébété, troublé par le contact de cette main douce et tiède sur son épiderme. Une sensation étrange l'envahissait, apaisante, calmant ses craintes et il se décida lui aussi à sourire. Elle saisit doucement le javelot qu'il serrait encore dans son poing et le lui ôta pour le déposer sur le sarcophage avant de prendre sa main et l'entraîner. Désorienté, inexplicablement persuadé de *savoir* cette « Reine des Esprits » animée de sentiments pacifiques à son endroit, il descendit à ses côtés les marches de métal et s'avança entre les rangées de sarcophages.

Lentement, ses compagnons se redressèrent,

inquiets et Hervé lui lança d'une voix mal assurée :

— Rob le Fort ! Ne te laisse pas prendre sous le charme de cet Esprit femelle ! Nous avons violé son domaine et pouvons craindre sa colère !

La jeune fille s'était arrêtée pour regarder — sans la moindre colère — Hervé la Chance et Louisa, serrée contre lui. Elle leur sourit à tous deux, lâcha la main de Rob et voulut l'appliquer sur la poitrine du chef des hommes de la rivière, mais celui-ci fit un bond en arrière et leva sa lance, menaçant.

— Tu as tort, Hervé, reprocha son ami. La Reine des Esprits ne nous tient pas rigueur d'avoir profané sa demeure ; je l'ai..., compris, je l'ai su, je ne sais pas comment ni pourquoi, lorsqu'elle a posé sa main sur ma poitrine. Laisse-lui faire ce même geste sur toi et tu verras que ma bouche n'a pas menti.

— Non, Rob ! Tu as succombé à son charme ! Elle te tient en son pouvoir ! Je ne veux pas ! Je la tuerai, plutôt !

Devant son expression faite de rage et de crainte à la fois, Rob s'alarma, redouta le pire et se plaça vivement devant la jeune fille pour faire de son corps un rempart contre tout geste inconsidéré de la part de son ami :

— Les Esprits ne sont pas tous mauvais, mon frère. Ne juge pas celui-ci comme maléfique. Et ne te conduis pas comme un sauvage de l'Est ! Je crois que nous pouvons faire confiance à la Reine des Esprits. Elle ne m'a pas foudroyé, moi qui étais auprès d'elle quand elle s'est réveillée, pourquoi se conduirait-elle différemment avec toi ?

Puis, s'adressant à Louisa, il essaya de la convaincre :

— Viens, approche-toi. Réponds au salut de la Reine des Esprits. Que pourrait-elle redouter d'une femme si elle ne redoute rien d'un homme ?

L'argument décida Louisa à passer outre à la réaction défensive d'Hervé qui, la lance à la main, la vit s'approcher de la Reine. Celle-ci lui sourit et appliqua sa main sur son plexus en la fixant de ses grands yeux noirs. Louisa, d'abord anxieuse, sentit fondre en elle l'angoisse qui l'étreignait et, à l'instar de Rob, un moment plus tôt, elle sut, sans pouvoir l'expliquer, que la Reine des Esprits était bonne, nullement courroucée à leur endroit.

Louisa se tourna vers son compagnon, étonnée :

— C'est vrai, Hervé. La Reine des Esprits ne nous veut aucun mal. Tu dois me croire. Viens, approche...

À contrecœur, Hervé se résolut à obéir et, sans lâcher sa lance, il vint auprès de la jeune fille qui répéta sur lui le même geste. Peu à peu, une intense stupéfaction détendit son visage. Il cessa de se contracter et finit par répondre au sourire de l'étrange beauté parée d'un pagne doré et de bijoux merveilleux. Il se tourna vers ses compagnons, littéralement transformé, pour clamer avec une ferme conviction :

— Rob et Louisa ont dit vrai, mes frères : la

Reine des Esprits n'est pas irritée contre nous ! Elle ne nous fera aucun mal, je le sais !

Passant sans transition de l'anxiété au soulagement, les hommes du Nord et ceux de la rivière poussèrent alors des cris d'allégresse en faisant tournoyer joyeusement lances et javelots. Cette réaction inattendue fit tressaillir la jeune fille qui se recula vivement en braquant vers ces hommes son curieux tube doré terminé par une boule rouge. Craignant qu'elle ne lance cette « massue » et ne blesse l'un de ses compagnons, Rob l'apaisa du geste, chercha à lui faire comprendre qu'elle non plus n'avait rien à craindre. La jeune fille sembla avoir saisi le sens de sa mimique et elle abaissa sa « massue » pour reprendre la main de Rob avec confiance.

Elle l'entraîna vers le fond de l'immmense pièce aux murs transparents et s'arrêta devant un socle de métal rouge dans lequel étaient plantés des petits morceaux de bois ou de métal d'une autre couleur. La reine essaya d'arracher plusieurs de ces morceaux dépassant de la surface lisse mais, après les avoir manipulés, elle n'y parvint pas et parut y renoncer. Rob voulut alors l'aider, estimant qu'il pourrait, lui, arracher facilement ces « bouts » qui dépassaient du métal ; mais elle l'arrêta vivement et lui fit comprendre qu'il ne devait pas y toucher...

D'un signe de la main, elle appela les compagnons de Rob et les fit s'approcher pour les disposer derrière elle, le long du mur. Lorsqu'ils s'y furent alignés, elle reprit la main de

Rob et le guida vers le piédestal au sommet duquel se trouvait son propre sarcophage. Là, après avoir souri à Rob, elle attendit en promenant son regard sur les innombrables sarcophages qui, graduellement, se mirent à rayonner une curieuse lueur bleuâtre. Dans l'heure qui suivit, les corps des géants à peau cuivrée, après avoir flotté dans les blocs transparents, après avoir été parcourus de la tête aux pieds par ces étranges frémissements lumineux qui malaxaient leurs muscles, leur épiderme, cessèrent de flotter pour redescendre avec lenteur. Quelques minutes encore s'écoulèrent puis, simultanément, le couvercle de ces blocs transparents se souleva et bascula sur le côté.

Sous les yeux de Rob et de ses compagnons alignés au fond de la salle, les « Esprits » à peau cuivrée s'éveillèrent, s'assirent dans leurs sacophages avant de se dresser pour les abondonner et porter leurs regards vers le piédestal. A la vue de la Reine des Esprits flanquée de ce sauvage vêtu d'un pagne en peau de bête, ils avaient marqué un instant de vive stupeur, puis s'étaient inclinés avec respect.

Ils se relevèrent, toujours aussi médusés par le tableau qu'offrait leur reine aux côtés de cet inconnu et débloquèrent à leur tour la paroi du socle de leurs « boîtes en eau dure » pour en retirer des pagnes analogues à celui de leur souveraine ; pagnes en tissus lamés, argentés, de divers coloris qu'ils adaptèrent à leur taille avant de s'orner de bracelets ou de supendre sur leur poitrine d'étranges pectoraux incrustés de pierreries.

Les géants à peau cuivrée restèrent devant leurs sarcophages, à l'exception de l'un d'eux qui s'approcha, gravit les marches du piédestal pour venir s'incliner devant la Reine des Esprits en prononçant des paroles incompréhensibles pour Rob et les siens.

Les Esprits-« femelles » et les Esprits-« enfants » paraissaient vivement émus, plus encore peut-être que tous les Esprits-« mâles » qui, en grand nombre, demeuraient figés, les bras le long du corps, les yeux fixés sur la jeune fille, son compagnon et l'autre Esprit qui les avait rejoints. La reine parla, longtemps, en désignant tour à tour Rob et ses amis mais plus fréquemment Rob, sur lequel l'assistance concentra alors son attention.

Au cours du dialogue, l'expression de la reine se modifia, parut exprimer peu à peu du mécontentement puis de la colère. Son interlocuteur — bien que beaucoup plus grand, beaucoup plus fort qu'elle — courba la tête et s'inclina avec humilité avant de s'écarter pour la laisser descendre, avec Rob qu'elle entraîna vers l'escalier de métal, suivie par l'Esprit avec lequel elle paraissait un instant plus tôt en désaccord.

Avant de descendre l'escalier, elle se retourna vers ses sujets et, d'une voix ferme, prononça une courte phrase en désignant les amis de Rob restés, vaguement inquiets, au fond de la grande salle. Les Esprits s'inclinèrent derechef et elle s'éloigna en devançant ses compagnons dans l'escalier. Tous trois traversèrent l'immense salle du rez-de-chaussée où s'alignaient les étranges « cases » de métal, rondes, percées de fenêtres mais dépourvues de porte et se dirigèrent vers un second escalier qui descendait sous la pyramide. Les murs, ici, ne recevaient plus les rayons du soleil, néanmoins, ils rayonnaient une lumière douce, moins vive pourtant que celle qui régnait dans la pièce où ils venaient de pénétrer. Une pièce encombrée de choses biscornues, complexes, mystérieuses pour Rob qui, par signe, fut invité à s'asseoir sur une sorte de banc curieux qui épousait la forme de son corps. La reine apaisa ses craintes d'un sourire et posa sur sa tête un chapeau de métal qu'elle maintint en passant sous son menton un ruban de couleur sombre. Rob se demanda pourquoi ce chapeau comportait plusieurs cordelettes sur le sommet du crâne, des cordelettes aux belles couleurs qui étaient fixées au mur, derrière lui.

La jeune fille s'assit à ses côtés, sur un banc analogue et l'Esprit qui les avait accompagnés la coiffa, elle aussi, d'un chapeau identique. Ainsi installée, elle prit la main de Rob, déposa sur ses genoux sa massue ornée d'une boule rouge et dit un mot bref. L'Esprit obéit et tenta, comme elle-même l'avait fait dans la salle du haut, d'ôter divers morceaux de métal fixés au mur, sans y parvenir.

Rob s'étonnait de la maladresse de ces Esprits, incapables de retirer ces curieux morceaux de métal ou de bois noir, qui n'étaient même pas solidement fixés puisqu'ils remuaient d'avant en arrière ! Peu à peu, un ronronnement sourd s'éleva, qui résonna dans la tête de Rob ; une angoisse croissante l'envahit mais, sur sa main, la douce pression des doigts de la jeune fille l'apaisa, refoula la peur qui s'insinuait en lui...

*La jeune fille ne lui voulait aucun mal, elle voulait tout au contraire l'aider... L'aider à la comprendre, l'aider ainsi que ses compagnons... L'aider à...*

Rob sombra dans l'inconscience après un dernier sursaut d'anxiété.

Lorsqu'il rouvrit les yeux, Rob porta machinalement la main à son crâne et ses doigts rencontrèrent ses cheveux. Le « chapeau » reposait à ses côtés, sur le « banc » et, à sa droite, la Reine des Esprits lui souriait, débarrassée, elle aussi, de ce curieux chapeau.

— Comment te sens-tu, Rob le Fort ?

— Bien. Je...

Il se tut, réalisant avec stupeur que la Reine des Esprits parlait à présent sa langue. D'étranges pensées tourbillonnaient dans son cerveau, qu'il ne parvenait pas à ordonner clairement, qui lui semblaient presque étrangères à ses propres pensées.

— Tu parlais ma langue, ô Reine des Esprits et tu n'as pas jugé bon de me le révéler plus tôt ? s'étonna-t-il.

— Je ne parlais pas ta langue, Rob ; mais je viens de l'apprendre, grâce à cet appareil, fit-elle en désignant le casque relié au mur par des câbles diversement colorés. En vérité, ce n'est pas ta langue que je parle actuellement mais la mienne, la mienne que tu as appris à comprendre..., comme j'ai appris à comprendre la tienne. Je t'expliquerai tout cela en détail, plus tard, quand tu seras en mesure d'assimiler toutes ces choses, nouvelles pour toi.

Elle sourit, amusée, pour ajouter :

— Je ne suis pas la Reine des Esprits, comme tu le crois, mais la princesse Djaïnahin et voici Borlhou, le régent qui gouvernera mes sujets jusqu'à ma majorité.

— Princesse ? répéta Rob en essayant de se souvenir. Oui, c'est un titre de chef. Pedro le Sage m'en avait parlé en fouillant dans ses Livres Sacrés du Savoir. Tu es donc le chef de ses Es... Mais si ces hommes rouges ne sont pas des Esprits, qui sont-ils, Djaïnahin ?

— Des hommes, comme toi et tes compagnons, Rob. Nous sommes des Atlantes... C'est du moins sous ce nom résultant d'une altération que les Grecs, les Hélènes nous ont désignés.

— Les Grecs ? réfléchit Rob. Oui, Pedro nous a parlé de ces guerriers qui vivaient dans l'antiquité des Anciens. Et vous, les Atlantes, vous étiez donc une autre tribu ?

La souveraine sourit avec indulgence :

— Le peuple de l'Atlantide était un grand peuple, Rob, mais ici, aujourd'hui, nous sommes seulement une minorité d'Atlantes, parmi les plus savants et parmi les plus aptes à redonner vie à notre civilisation qu'un cataclysme a détruite, jadis. Prévenus de ce cataclysme, nous nous sommes enfermés dans cette Arche du Temps — cette pyramide — et, placés en état de vie suspendue, en état d'anabiose ou d'hibernation, nous avons traversé les âges, protégés du désastre où périt notre continent, bien à l'abri dans cette arche indestructible qui fut, elle aussi, engloutie.

» Tout un ensemble de mécanismes, de dispositifs automatiques entretenaient notre métabolisme — nos fonctions vitales — pendant que des siècles et des siècles s'écoulaient. Nous savions qu'immanquablement, de nouveaux bouleversements géologiques feraient un jour resurgir notre Arche du Temps ; celle-ci devait émerger de sa gangue de sédiments lorsque ceux-ci seraient exposés aux rayons du soleil. Un nouveau cataclysme s'est donc produit, sur notre planète ; les continents qui avaient remplacés les nôtres se sont, en partie sans doute, abîmés dans les mers et les océans ; d'autres continents, jadis sous les flots, ont été exhaussés, au prix des pires séismes et dévastations, pour sortir de la mer et voir enfin la lumière du jour, de ce soleil qui fut et demeure l'emblème de nos convictions philosophiques, ou religieuses, fit-elle en caressant le triangle du pectoral écarlate qui scintillait entre ses seins.

» Ainsi que nos savants l'avaient prévu, une portion de l'Atlantide s'est soulevée, a surgi des flots ; le soleil a séché peu à peu la couche de sédiments ; ses rayonnements les plus durs — encore qu'inoffensifs pour les être humains — ont pénétré dans la croûte terrestre jusqu'aux vestiges d'Atlantis et atteint l'Arche du Temps, actionnant les mécanismes dont je t'ai parlé. Progressivement, la pyramide a disloqué les roches, brisé l'épaisseur des sédiments pour émerger enfin à la lumière. Cela ne s'est pas fait en un jour, mais au cours d'une très longue période ; et, récemment, la totalité de l'Arche du Temps fut à l'air libre. Ses énormes parois blindées, protégées de surcroît par un champ de force durant son ensevelissement, se sont rabattues pour libérer les murs transparents des divers étages, afin que le rayonnement bienfaisant du soleil baigne nos corps.

» Toi et tes compagnons, Rob, vous êtes arrivés au pied de l'Arche du Temps alors que nous étions sur le point de sortir de notre état de vie suspendue et c'est à notre réveil que vous avez assisté.

» Je ne sais pas si tu as pu comprendre toutes ces explications, Rob, mais tu les comprendras plus tard. Tu es intelligent, bien que fort primitif comparativement à nous...

Elle eut un sourire d'excuse :

— Pardonne ma franchise, Rob...

— Bien sûr, Djaïnahin, concéda-t-il. Nous sommes en quelque sorte des sauvages, pour vous, les Atlantes... Ainsi, vous êtes donc ces Anciens-anciens dont parlaient nos Sages ? Ces Anciens-anciens dont les grandes villes s'étaient multipliées à la surface de la Terre !

— Oui, Rob. Et, toi et les tiens êtes les descendants des peuples qui vivaient sur le continent Est, avant le cataclysme qui engloutit l'Atlantide. Les descendants des rares rescapés de ce désastre.

Elle le considéra avec sympathie, admira sa puissante musculature et ajouta :

— Tu es certainement un descendant des Hellènes ; mais j'ai remarqué, parmi tes compagnons, d'autres types morphologiques qui semblent les apparenter aux Hyperboréens, ceux qui jadis vivaient dans le nord de la planète. L'effroyable cataclysme a dû laisser assez peu de survivants et ceux-ci, à la suite des bouleversements climatiques inhérents à la catastrophe, ont dû émigrer un peu partout, à la recherche de plantes et de gibiers pouvant assurer leur subsistance. Des croisements de races se sont produits et c'est un nouveau peuple, très primitif encore, qui s'est développé sur la Terre.

» Nous vous aiderons à progresser, Rob, à remonter le courant de la civilisation qui n'est plus pour vous qu'un souvenir confus. Et vous, grâce aux précieux Livres Sacrés du Savoir dont tu as parlé, vous nous aiderez à reconstituer la portion d'histoire qui sépare l'engloutissement de l'Atlantide de l'éclosion des civilisations de ceux que tu appelles les Anciens-anciens. Une civilisation sans doute pastorale et relativement archaïque.

— Je sais lire assez bien, Djaïnahin, répondit-il, et Pedro le Sage, lui, saura mieux que moi encore t'expliquer ce que contiennent les Livres Sacrés du Savoir.

Il réfléchit, préoccupé, puis :

— Pastorale, cela veut dire quoi ?

— Cela se dit d'un peuple qui élève des bêtes domestiques, des moutons, des bœufs, des chevaux et qui procède à la culture des plantes comestibles.

Rob était perplexe et cela ne laissa pas d'intriguer la princesse et son régent.

— Qu'est-ce qui te tracasse, Rob ? questionna Borlhou.

— La civilisation des Anciens-anciens n'était pas que... pastorale. Elle comprenait de grandes cités, avec des routes, des... chariots qui roulaient sans chevaux, d'autres chariots qui volaient dans les airs. C'est Pedro le Sage qui l'affirme et on peut le croire, lui qui possède les Livres Sacrés du Savoir.

— Mais nous le croyons, Rob, sourit la jeune princesse Atlante. Toutefois, il s'agit là sans doute de traditions concernant notre propre civilisation et non point celle de ceux que tu nommes les Anciens-anciens. Mais nous parlerons de tout cela plus tard, avec ce Sage qui a nom Pedro, fit-elle. Pour l'instant, tu vas aller expliquer à tes compagnons que nous ne sommes pas des Esprits mais des êtres de chair et que nous souhaitons établir avec eux des relations de bon voisinage. Borlhou et moi t'assisterons dans cette entreprise et nous tâcherons ainsi de les convaincre.

» Il te faudra les décider à se prêter de bonne grâce au transfert psycho-linguistique, ajouta-t-elle en désignant les casques reliés au mur de métal par des câbles diversement colorés. Il est indispensable que nous puissions communiquer sans difficulté entre nous si nous voulons progresser réciproquement.

» Nous sommes, ici, les seuls survivants de

l'Atlantide : deux cent cinquante couples en tout. Et vous, sur le continent, si vous êtes évidemment beaucoup plus nombreux, vous êtes en revanche infiniment plus défavorisés puisque ignorant toute technologie. Nous apporterons les cerveaux et vous les bras de la civilisation nouvelle que nous rebâtirons ensemble. N'est-ce pas, Borlhou ?

Le régent s'inclina respectueusement :

— Il en sera fait selon ta volonté, ô Djaïnahin, mais... les choses ne seront peut-être pas aussi simples, je le crains. Il faudra tout d'abord prendre l'avis du Conseil de Régence et...

— Nous réunirons le Conseil ce soir même, Borlhou, le coupa-t-elle avec une certaine sécheresse qui le fit s'incliner à nouveau. Pour l'instant, cet homme qui m'assista dans mon retour à la lumière — *ainsi que l'annonçaient nos Traditions* — recevra les mêmes égards que ceux qui sont dus à mon rang. Et j'entends aussi que tous ses compagnons soient traités avec humanité et considérés comme nos semblables.

Borlhou, une troisième fois, s'inclina.

— J'en ferai part ce soir même au Conseil de Régence, ô princesse bien-aimée, Lumière de Poséidonis.

Elle le fixa et dans ses yeux noirs passa une lueur de rage mal contenue.

— Il ne s'agit pas d'en *faire part* au Conseil, Borlhou, mais de lui annoncer cela comme étant *ma* décision. Tu es le régent, c'est vrai, mais je serai majeure dans deux mois. Dans *deux* mois, insista-t-elle en serrant ses doigts autour de sa « massue ». Je tiens à te rappeler le serment d'allégeance que tu as prononcé devant le roi, mon père, en présence du Conseil, peu avant sa mort.

— Je ne l'ai pas oublié, ô Djaïnahin et tu peux être assurée que, en aucun cas, je n'y dérogerai. Mais permets à ton serviteur de te suggérer d'attendre ta majorité, pour accomplir la fin de la prophétie concernant « l'homme qui t'assista dans ton retour à la lumière », fit-il en s'inclinant respectueusement devant Rob, rien moins que surpris par cette marque de déférence.

— La décision que je prendrai est écrite dans la prophétie, Borlhou, et nul ne pourrait la modifier sans risquer de déclencher sur nous les pires calamités. Je choisirai le jour et l'heure qui me conviendront et je l'annoncerai alors au Conseil. Va, Borlhou, va faire exécuter les plans de renaissance de notre noyau de survivants, tels qu'ils ont été élaborés par nos savants. Moi, je m'occuperai des compagnons de Rob pour les soumettre à nos appareils de transfert psycho-linguistique.

Borlhou hésita une seconde et son regard effleura, sur le tableau de commande mural, une clé magnétique adhérant au métal ; il détourna furtivement les yeux et, sur une dernière inclination du buste, marcha vers l'escalier.

Rob le suivit du regard et ses masséters se contractèrent, formant une saillie tendue sur ses joues :

— Cet homme n'est pas ton ami, Djaïnahin. Défie-toi de lui. Je ne comprends pas tout le sens de tes paroles, ni des siennes, mais je sais qu'il n'est pas ton ami.

La jeune princesse atlante étouffa un soupir de joie et s'approcha de Rob, posa ses mains sur ses épaules :

— La prophétie n'a pas menti, Rob. Tu es beau, fort, intelligent et, j'en suis sûre à présent, tu me protégeras. Tu as su déceler en Borlhou un adversaire : sous des dehors obséquieux et serviles, il cache une âme d'intrigant et ne voit pas arriver d'un bon œil le moment où, achevant son temps de régence, il devra me remettre le pouvoir et me faire couronner reine par le Conseil.

— Je te protégerai, Djaïnahin. Ma lance, les lances de mes frères te défendront si besoin est.

Elle eut un pâle sourire pour répondre :

— Rob... Mon Rob, ton dévouement me touche, mais les lances de tes frères ne pèseraient pas lourd devant les armes redoutables dont disposent les Atlantes, mes sujets, s'ils devaient un jour se retourner contre moi.

— Veux-tu dire qu'ils ont ces..., ces armes des Anciens-anciens qui crachent du feu et de petites flèches sans pointe ? fit-il, effaré.

Elle le considéra, avec la même stupeur :

— Rob, tu parles là d'un type d'arme archaïque qu'aucun des peuples Hellènes n'a jamais connu ! Nos armes sont infiniment plus meurtrières. Mais comment peux-tu être au courant de ces vieilles armes à feu ?

— Parce que Pedro le Sage a lu, dans les Livres Sacrés de la Connaissance, que les Anciens-anciens en possédaient.

— Cela ne se peut pas, Rob, fit-elle, désorientée. Il y a quelque chose que je ne comprends pas, dans ce passé que tu évoques. Il n'est pas possible que, durant le laps de temps écoulé depuis l'engloutissement de l'Atlantide, les Hellènes aient pu atteindre le niveau technologique leur permettant de fabriquer des armes à feu, des véhicules à moteurs et des aéronefs...

Troublée, elle réfléchit un long moment puis, chassant pour l'heure cette énigme de son esprit, elle alla détacher du tableau mural de commande la petite clé magnétique et la plaqua au dos de son pectoral solaire.

— Il y a une masselote d'acier, au milieu de ce triangle d'or synthétique, c'est pourquoi la clé magnétique peut adhérer sur...

Elle s'interrompit et sourit avec indulgence :

— Excuse-moi, Rob. Tu ne peux pas comprendre ces détails techniques. Mais, un jour, je... t'enseignerai tout ce qu'il te faudra savoir. Allons chercher tes amis. Il faut avant tout que nous puissions nous comprendre, les uns les autres.

⁂

Il ne fallut pas moins de trois heures pour que chacun des hommes du Nord et de la rivière se fût soumis à l'action de l'appareil opérant le transfert psycho-linguistique, sous le contrôle de la princesse atlante.

L'on imagine la surprise, l'émotion de ces primitifs — et la terreur de Bertrand l'Adroit ! — après ce traitement qui, à leurs yeux, confinait à la magie puisque, après avoir simplement reçu ce « chapeau de métal », ils devenaient aptes à comprendre la « Reine des Esprits ».

Rob se mit en devoir, aidé par cette dernière, de leur expliquer alors la genèse de l'engloutissement de l'Atlantide et la naissance de l'Arche du Temps ; il préféra toutefois passer sous silence l'inimitié qui existait entre Borlhou le régent et la princesse.

— Nous les informerons de cette situation plus tard, avait-elle conseillé à Rob avant de les soumettre au transfert psycho-linguistique et en refusant toutefois de lui exposer les raisons pour lesquelles elle avait jugé bon de s'emparer de la petite clé magnétique.

Djaïnahin contempla avec sympathie ces trente hommes et cette jeune fille de leur tribu, puis leur déclara :

— Nous allons devoir, pendant un certain temps encore, vivre côte à côte, amis du continent. Maintenant que nous sommes en mesure de nous comprendre, je dois vous avouer que vos... modestes vêtements en peaux de bêtes ne conviennent guère à des êtres destinés à devenir nos égaux, même si cette égalité ne s'opère qu'avec un décalage normal dans le temps. Je vais vous donner des vêtements..., propres et conformes aux nôtres mais, auparavant, je vous demande de vous soumettre à un traitement aseptisant.

— Qu'est-ce que cela veut dire ? s'inquiéta Bertrand.

— Une sorte de bain et d'irradiation qui supprimera, le cas échant, diverses impuretés que vous auriez pu récolter, transporter sur vous à votre insu.

— Nous avons pris un bain dans la petite rivière, ce matin, objecta Rob. Nous sommes propres.

— Je le vois bien, Rob, cependant, les impuretés auxquelles je fais allusion ne sont pas visibles, du moins, pas visibles à l'œil nu.

— Des Esprits invisibles, alors, qui se seraient collés à notre peau ? s'alarma Bertrand en regardant comiquement son épiderme et celui de ses voisins.

— Quelque chose comme cela, oui, souritelle en renonçant à leur donner des explications qu'ils ne comprendraient pas. Venez, je vais vous conduire dans une pièce voisine et mettrai en fonctionnement les douches aseptisantes. Ensuite, vous passerez les pagnes que j'aurai préparés à votre intention.

Une heure plus tard, à la fois gauches et fiers de leurs nouvelles tenues — de courts pagnes en tissu synthétique uniformément blanc et des sandales en plastique souple — les primitifs rejoignirent la jeune princesse qui les attendait. Elle les observa et la démarche en canard de Bertrand la fit pouffer :

— Bertrand l'Adroit, tu t'es trompé en mettant ces sandales. Il faut les intervertir.

— Elles sont pareilles, pourtant ? s'étonna-t-il.

— Non. Bientôt, tu seras habitué à distinguer la gauche de la droite et tu ne te tromperas plus... Venez, mes amis. Vous devez avoir faim et, sauf imprévu, mes sujets ont dû préparer notre premier repas en cette nouvelle vie qui commence pour nous.

Ils gravirent les marches ; mais, au fur et à mesure, une série de grondements, de cliquetis, de chocs sourds venant de l'extérieur les fit ralentir, inquiets.

— Ne craignez rien. Ces bruits ne sont pas le signe d'un danger.

Ils la suivirent, atteignirent le rez-de-chaussée de la pyramide et empruntèrent la voûte de métal, ouvrant sur la face ouest, pour sortir aux rayons du soleil qui déclinait, derrière les montagnes.

Le spectacle offert à leur vue les figea de stupeur et de crainte malgré les paroles apaisantes de Djaïnahin : à quelque distance de la pyramide — dont une portion de base s'était soulevée — évoluaient de monstrueuses machines dans un infernal tintamarre. Des machines dotées de bras géants, de pinces, d'outils bizarres et qui semblaient fonctionner toutes seules. Des machines qui aidaient les Atlantes à construire des baraquements, des « cases », des maisons comme les primitifs n'en avaient jamais vus auparavant.

Sous l'auvent de métal, fort large, découvrant une sorte de hangar à la base de la pyramide, d'autres machines firent leur apparition ; elles flottaient en ronronnant et transportaient d'énormes empilements de plaques, d'éléments préfabriqués que d'autres machines encore prélevaient pour les diriger vers le chantier où, peu à peu, s'édifiait la petite cité destinée à abriter les survivants de l'Atlantide.

Au faîte de l'Arche du Temps se dressait à présent un long mât de métal surmonté d'une grosse sphère qui scintillait en accrochant les derniers rayons du couchant. Déjà, au sommet d'autres mâts disposés çà et là, de puissants projecteurs s'allumaient, éclairant le chantier et les techniciens atlantes qui s'affairaient.

Cet éclairage subit frappa de stupeur les primitifs et Djaïnahin eut du mal à les convaincre du caractère inoffensif de ces « soleils » artificiels. En retrait, Borlhou suivait la scène et esquissait un rictus sarcastique à l'endroit de ces sauvages que de simples projecteurs plongeaient dans l'épouvante ! Ces maudits sauvages que Djaïnahin prétendait élever au rang des êtres civilisés ! Ils avaient beau avoir troqué leurs peaux de bêtes puantes contre des pagnes atlantes et baigné leurs corps sous une douche aseptisante, ils n'en demeuraient pas moins des barbares avec leurs lances ridicules et leurs sandales où ils se sentaient mal à l'aise, à les voir constamment remuer leurs orteils.

Le régent, mêlé aux techniciens du chantier, assuré d'être hors du champ de vision de la princesse — occupée à bavarder avec Louisa —

serra les poings, écœuré et rageur de la voir s'abaisser à une telle fraternisation !

Il eut un geste de dépit mal contenu et, renonçant à regarder plus longtemps cet affligeant spectacle, il se tourna pour s'éloigner, mais rencontra alors le regard de Rob qui se tenait non loin de lui. Un regard froid, chargé de menace qui lui fit baisser les yeux avant de s'incliner respectueusement, la rage au cœur, devant ce « sauvage » protégé par la future souveraine des Atlantes. Et ce pour se conformer à cette vieille, à cette ridicule prophétie !

Cette prophétie dont, pourtant, la toute première partie s'était bel et bien réalisée quelques heures plus tôt...

## CHAPITRE V

Pensive, le front appuyé contre la paroi transparente du troisième niveau de l'Arche du Temps, la princesse Djaïnahin contemplait le paysage baigné de lune. Au premier plan, non loin de la source, Rob et ses compagnons s'étaient endormis, allongés sur une couche de feuillages et d'herbes. Plus loin, au-delà des étranges machines maintenant immobiles, se dressaient les bâtiments préfabriqués qu'une ou deux journées de travail achèveraient.

Borlhou le régent s'approcha, s'inclina avec respect.

— Le Conseil de Régence attend ton bon plaisir, ô Djaïnahin.

Ils gagnèrent l'élévateur axial qui les emporta jusqu'à l'avant-dernier niveau de l'Arche du Temps pour pénétrer dans une grande salle rectangulaire, flanquée de colonnes devant lesquelles se dressaient des statues ; des statues d'Atlantes, grandeur nature, sculptées dans une matière couleur de rubis, translucide, qu'éclairaient des rampes fluorescentes disposées en spirales le long du plafond de métal.

Une vingtaine d'hommes, occupant une double rangée de sièges et se faisant face, se levèrent pour s'incliner à leur entrée. Djaïnahin et le régent traversèrent la longue salle pour gagner un podium occupé par le trône qui semblait taillé dans un cristal polychrome ; la princesse y prit place en invitant, du geste, Borlhou à s'asseoir sur le fauteuil du régent, installé, décentré, sur une marche en contrebas.

Djaïnahin leva son sceptre — ce tube doré terminé par une sphère que Rob avait pris pour une massue ! — et annonça d'une voix ferme :

— Je déclare ouvert le premier Conseil de Régence du Second Cycle de vie. Prenez place, Nobles Fils d'Atlantis, en vos grades et qualités. Ce jour est un grand jour, qui marque pour nous le retour à la vie, à cette renaissance que nous devons à la sagesse et au savoir des Initiés d'Atlantis. Notre continent n'est plus, englouti par ce cataclysme planétaire qui ravagea le monde et en modifia profondément l'aspect ; un aspect que nous ne connaissons pas encore mais que nous découvrirons avant longtemps.

» Oui, l'Atlantide n'est plus, mais son savoir a pu être épargné, avec deux cent cinquante couples sélectionnés par nos Sages à la veille de la catastrophe ; deux cent cinquante couples choisis parmi les plus robustes, les plus sains et comprenant notamment des savants et techniciens dont les connaissances, les laboratoires, les instruments et les machines vont nous permettre de nous réintégrer dans ce monde nouveau pour relancer ce Second Cyle de Vie.

» Les illustres Sages, gardiens de la Tradition, nous ont transmis la Prophétie de Poséidon, du moins celle des prophètes de notre Dieu Poséidon.

La jeune fille fit une pause, considéra les membres du Conseil de Régence et récita, d'une voix empreinte d'émotion :

— Vous construirez une Arche avec les matériaux les plus robustes ; le savoir accumulé au cours des âges vous permettra de la réaliser, d'y enfermer des couples humains et des couples d'animaux, des semences, des vivres et l'ensemble de vos sciences.

» Puis viendra le jour de la colère où les éléments rugiront, où les montagnes s'effondreront, où la mer envahira les terres, où l'homme verra sa femme emportée par les flots, où les enfants, leurs parents et tout ce qui vit sur la terre seront balayés, broyés, engloutis.

» Tous ne périront point ; dans la tourmente des cieux, de la mer et de la terre soumise à d'effroyables convulsions, certains réchapperont qui devront lutter pour ne pas mourir de faim sur un sol nouveau qu'ils ne reconnaîtront plus, privés de leur savoir, condamnés à survivre dans une nature hostile, disputant leur nourriture aux animaux rescapés comme eux du désordre, ils retourneront à l'animalité et parfois s'entre-tueront pour défendre un coin de forêt, une rivière poissonneuse ou un rivage.

» Les ans, les siècles peut-être passeront et vous, Fils d'Atlantis, endormis dans l'Arche du Temps, vous traverserez dans le sommeil un cycle de ténèbres et, un jour, la terre vomira votre Arche et vous reverrez le soleil. La souveraine vierge endormie avec vous dans cette Arche du Temps sera réveillée par l'homme fort, par le fils de l'un des survivants du cataclysme et de leur couple naîtra une longue lignée de héros dont le Second Cycle de Vie chantera les louanges...

Djaïnahin fit une pause avant d'enchaîner :

— Mais je n'ai pas l'intention de citer en entier cette prophétie qui fait partie de nos traditions et que vous connaissez aussi bien que moi. Je voulais simplement, en vous la rappelant, souligner l'erreur de ceux qui, du temps d'Atlantis, la considéraient comme une aimable légende gratuite et tout juste bonne à conter aux enfants.

» Fort heureusement, nos Sages, nos Initiés en tinrent compte qui préparèrent laborieusement l'Arche du Temps, en utilisant les dernières découvertes de nos laboratoires, en créant ce matériau indestructible tiré de l'orichalque, ce supermétal rouge avec lequel fut bâtie cette pyramide géante, protégée de surcroît par un inexpugnable champ de force entretenu par les générateurs enfouis dans les profondeurs de l'Arche. Dès les signes avant-coureurs de la catastrophe, nous avons pu nous y réfugier et nous y placer en état d'anabiose pour attendre le déclenchement du cataclysme. Et celui-ci survint, comme il était annoncé par la prophétie. Les siècles ont passé — combien, nous ne le saurons peut-être jamais — et la Terre, enfin apaisée, ayant changé de visage, vu naître de nouveaux continents après la disparition des anciens, vit s'élever ensuite notre Arche du Temps qui surgit lentement, très lentement, par à-coups, du socle continental de l'Atlantide.

» Quand les rayons du soleil réactivèrent les mécanismes assurant le maintien de nos organismes hors du temps, je fus la première à ouvrir les yeux et je vis, avec stupeur, cet homme fort qui se penchait sur moi, qui caressait mon visage et mon corps de son regard ami. Une fois encore, la prophétie avait dit vrai. Les humains n'avaient pas tous été rayés de la surface du monde et les explorations que nous allons entreprendre nous prouveront certainement qu'il y eut même des survivants parmi les Atlantes. Mêlés aux rescapés des peuples des autres continents, ces Atlantes auront fait souche, se seront multipliés tout en retournant peut-être, eux aussi, à l'état primitif.

» Rob — dont le nom même est Rob le Fort et je me refuse à voir là une simple coïncidence puisque la prophétie annonçait justement qu'un *homme fort* assisterait à mon réveil — Rob le Fort, donc, est l'un des descendants des rescapés continentaux du cataclysme. Peut-être a-t-il eu pour ancêtres des Hellènes, des

Athéniens qui, primitifs à l'époque reculée d'Atlantis, furent nos ennemis...

Elle esquissa un sourire plein d'indulgence pour corriger :

— Un bien grand mot, en vérité, car ces Hellènes archaïques ne faisaient que défendre leur terre lorsque nos expéditions d'explorateurs vinrent sur le continent ; expéditions qu'ils prirent pour une armée d'invasion. Il y eut bien quelques escarmouches certes et des tués, malheureusement, de part et d'autre, car nos explorateurs refusèrent d'user envers ces primitifs des armes redoutables dont ils disposaient. Ils préférèrent les laisser à leur vie simple, primitive, ne voulant pas leur disputer des territoires dont ils n'avaient que faire et regagnèrent l'Atlantide. Les Hellènes, devant leur départ, rentrèrent chez eux en chantant ce qu'ils croyaient être une éclatante victoire ! Qui sait, peut-être caressèrent-ils un moment l'espoir de s'embarquer pour envahir et conquérir l'Atlantide ? L'effroyable cataclysme qui ravagea le monde a dû effacer jusqu'au souvenir de ces pseudo-combats.

» Les survivants — nous l'avons vu avec Rob et ses compagnons — ne sont plus qu'en petit nombre et réduits à l'état des peuples primitifs mais nous, fils d'Atlantis, nous renaissons à la vie avec toutes nos connaissances, avec notre technologie et nombre de nos savants. L'écrasante disproportion saute aux yeux entre ces êtres dénués de tout et nous. Agissons avec eux un peu comme agirent nos lointains ancêtres et traitons-les avec humanité, non point comme des sauvages mais comme des hommes, déshérités, que nous avons le devoir de secourir, d'aider à progresser.

» J'ai dit.

Une minute de silence, de méditation s'écoula puis, le régent se leva, s'inclina devant la jeune fille et fit face aux membres du Conseil de Régence.

— Nous avons tous apprécié les paroles de notre princesse bien-aimée et pu juger ainsi des sentiments altruistes qui l'animent; de nobles sentiments que n'aurait pas désavoués son défunt père, notre roi toujours si juste et bon, si généreux. Toutefois, ô Djaïnahin, permets à ton serviteur d'émettre quelques réserves — que je soumets à votre jugement, Fils d'Atlantis — quant à ces primitifs descendant des rescapés du cataclysme. Ceux qui ont assisté à notre renaissance, il est vrai, se sont montrés pacifiques, voire, coopérants. Je me plais même à reconnaître que Rob le Fort — dans lequel notre princesse bien-aimée voit l'homme fort de la prophétie — n'est pas dénué d'intelligence.

» Cela dit en vérité, il est cependant souhaitable — là encore, j'en appelle à la sagesse du Conseil — de nous montrer extrêmement prudents quant à l'éventualité d'initier ces primitifs à notre savoir. Les rendre égaux à nous serait lourd de conséquences pour la petite colonie que nous sommes et les primitifs — élevés à notre niveau — pourraient fort bien un jour dépasser leurs maîtres initiateurs et se retourner contre eux !

Il parcourut d'un regard scrutateur l'assistance et questionna :

— Que ceux qui partagent mes réserves à cet égard le manifestent avant de passer à l'examen des autres problèmes soulevés par notre entrée dans ce Second Cycle de Vie.

Au bout de quelques secondes d'hésitation, treize bras se levèrent : treize sur les vingt, marquant ainsi leur accord au régent. Celui-ci obtenait donc la majorité contre la proposition émise par Djaïnahin qui dut se faire violence pour ne point manifester son dépit. Ainsi, sur vingt nobles du Conseil de Régence, sept seulement se déclaraient favorables à l'émancipation, à l'initiation des primitifs. Elle ne fut pas surprise de reconnaître parmi ces fidèles sujets Kerlaïs, le vieux Kerlaïs qui avait été le confident de son père; Hoglhouhan, le physicien, était aussi du nombre, ainsi que Retlhor, disciple de l'ingénieur en chef, Larkylon, le juriste, et Thrakos, le philosophe.

Borlhou se tourna vers la princesse en s'inclinant :

— La majorité — les deux tiers — du Conseil de Régence s'est prononcée contre toute initiation prématurée des primitifs, ô Djaïnahin, et je crois très sincèrement que la sagesse a guidé ce choix. Cette éventualité d'élever à notre niveau *un très petit nombre* de primitifs sera remise aux voix dans une année, période qui me paraît suffisante pour nous permettre de juger plus profondément le mental de ces rescapés du cataclysme et d'évaluer la densité, la répartition des populations sur la Terre. D'ici là, ô Djaïnahin, tu auras atteint ta majorité et auras été couronnée pour régner de plein droit sur tes sujets. Tu pourras, alors, si tu l'estimes souhaitable, abroger la présente décision du Conseil.

La jeune princesse se leva pour déclarer :

— Je prends acte de cette décision que je reconnais marquée au coin de la sagesse, Borlhou, mais je tiens à une précision : il n'a jamais été dans mes intentions d'initier, du jour au lendemain, *tous* les rescapés du cataclysme. J'entendais simplement initier certains d'entre eux parmi les plus intelligents et tout d'abord Hervé le Fort, Hervé la Chance et quelques autres qui auraient pu alors — possédant ainsi notre savoir — devenir de précieux auxiliaires auprès de leurs congénères primitifs du continent Est d'où ils sont venus.

» Je m'inclinerai cependant devant votre arrêt et laisserai s'écouler une année avant de prendre ma décision, puisque les deux tiers du Conseil aujourd'hui s'y opposent. Toutefois, je réitère formellement les paroles que j'ai prononcées à mon retour à la vie : Rob le Fort — l'Homme Fort de la Prophétie — aura droit à votre respect ; vous lui devrez les mêmes égards qu'à moi-même et considérerez aussi ses coreligionnaires sinon comme vos égaux du moins comme des alliés, modestes et humbles mais fidèles.

— Il en sera fait selon ta volonté, ô princesse bien-aimée.

— Puisqu'il en est ainsi, Borlhou, je te laisse préparer avec le Conseil la poursuite des plans d'installation de notre future cité — la *Cerné* (1) du Second Cycle de Vie — sur ce nouveau continent. Tu m'en rendras compte demain.

Rayonnante de beauté, elle s'éloigna d'une démarche altière tandis que les membres du Conseil s'inclinaient profondément sur son passage. L'élévateur l'amena au dernier niveau de la pyramide, sous le faîte d'orichalque, section pyramidale prolongée d'une énorme antenne que terminait une sphère écarlate. Là, à ce dernier niveau, avaient été aménagés les appartements princiers, devant lesquels deux géants atlantes montaient la garde qui s'inclinaient à l'approche de la jeune souveraine. Elle franchit la monumentale porte d'orichalque ornée de gemmes polychromes et parcourut lentement son « palais » en réduction, luxueux avec ses meubles en matériau plastique défiant le temps, avec ses riches tentures, ses pièces vastes et confortables aux immenses baies.

Appartements qui possédaient, cependant, certains aménagements particuliers, ignorés de tous, que le roi d'Atlantis, dans sa grande sagesse, avait préconisés lors de la construction de l'Arche. C'est ainsi que Djaïnahin

(1) *Cerné :* capitale de l'Atlantide où régnait Poséidon, roi d'essence divine selon la Tradition.

disposait d'un élévateur secret dont la cage, oblique, se logeait dans l'armature géante d'une arête de la pyramide, ce qui, en cas de nécessité, lui permettrait de quitter l'Arche du Temps à l'insu de ses occupants. Mais c'était là l'une des moindres ressources dont la jeune princesse savait pouvoir disposer...

Elle pénétra dans sa chambre et resta un instant sur le seuil, embrassant des yeux ce décor qu'elle semblait avoir visité la veille seulement avant de gagner, avec ses sujets, les sarcophages d'hibernation. La veille ! Une « veille » située pourtant à des siècles et des siècles dans le passé !

Djaïnahin étouffa un soupir en essayant de chasser de son esprit le film qu'elle imaginait de cet effroyable cataclysme et s'approcha d'une baie vitrée pour contempler le paysage. La lune accrochait des reflets mouvants sur le ruisseau qui serpentait vers la forêt. Près de la source, les pagnes blancs des primitifs formaient des taches claires sur les feuillages qu'ils avaient étalés en guise de litière. L'un de ces primitifs était Rob, « l'homme fort » de la prophétie qu'il ignorait, dont il ne pouvait pas se douter qu'elle le liait déjà à la princesse atlante, pour faire d'elle et de lui les géniteurs d'une lignée de héros destinés à devenir fameux dans les siècles à venir.

Elle réalisa au bout d'un moment qu'elle caressait machinalement la petite clé magnétique plaquée sur l'avers de son pectoral et sourit, d'un sourire indéfinissable qui n'eût pas manqué d'inquiéter Borlhou, le régent, s'il lui avait été donné de le surprendre...

Djaïnahin s'approcha d'une psyché, s'assit sur le tabouret et s'admira un instant dans le miroir encastré dans le montant du petit meuble ; elle retira des tiroirs de celui-ci de nombreux flacons de fards, d'eaux de toilette, de parfums, de cosmétiques et dégagea complètement le tiroir de droite..., pour atteindre un petit tableau de commande dissimulé dans la boiserie. Elle enfonça une touche et le miroir s'opacifia, cessa d'être une glace pour devenir un écran télévisionneur sur lequel, en tournant un bouton gradué, elle fit défiler des images. La salle du trône était vide ; le régent avait donc clos le Conseil et renvoyé les membres à leurs foyers installés au neuvième niveau de l'Arche du Temps.

La jeune souveraine poursuivit patiemment ses recherches et finit par obtenir ce qu'elle souhaitait et appréhendait à la fois : dans une salle du quinzième niveau réservé à la bibliothèque microfilmée, elle reconnut Borlhou entouré de ses fidèles comparses. Après un faux départ destiné à éloigner les sept membres du conseil favorables aux propositions de leur future reine, le régent avait réuni discrètement ceux sur qui il savait pouvoir compter dans l'accomplissement de ses desseins.

Djaïnahin augmenta le volume sonore, connecta le dispositif d'enregistrement, simultané son et images et attendit. Lorsque les treize conseillers se furent installés autour de Borlhou, celui-ci prit la parole :

— Fils d'Atlantis, l'attitude de la princesse vient de vous prouver que mes craintes étaient fondées. A la veille de nous enfermer dans l'Arche du Temps, rappelez-vous le discours que je vous ai tenu, lors de notre dernière assemblée clandestine visant à sceller nos accords sur la conduite à tenir, après le cataclysme, lorsque nous retournerions à la vie. Je vous avais alors fait part de mon inquiétude quant aux réactions probables de Djaïnahin si, d'aventure, la Prophétie recevait un semblant de réalisation.

» Un malencontreux hasard a voulu qu'un primitif solidement charpenté et dénommé justement pour cela Rob le Fort, assistât au réveil de la princesse. Celle-ci, dans son esprit romanesque, a vu en lui l'Homme Fort de la légende ou de la Prophétie. Qui plus est, son cœur de vierge s'est épris de ce barbare et les égards qu'elle entend nous voir lui accorder nous prouvent bien qu'elle l'identifie déjà à ce héros de légende, partant, à son futur royal époux.

Borlhou émit un rire sarcastique et enchaîna sur un ton de dérision :

— Ce sauvage armé d'une lance est donc déjà, dans son for intérieur, le futur roi d'Atlantis ! Et je ne doute pas qu'elle caresse déjà l'intention de faire de certains de ses compagnons, parmi les plus intelligents, de futurs conseillers aptes à siéger au Conseil de Régence qui sera renouvelé lors de sa majorité.

Les adeptes de Borlhou eurent un sursaut d'indignation à cette perspective avilissante et Taldhour, l'astrophysicien, se récria :

— Nous devons empêcher à tout prix une telle ignominie ! Nous, les Fils d'Atlantis, héritiers de la fleur de la pensée terrestre et survivants du peuple le plus évolué de cette planète avant le grand cataclysme, nous serions donc obligés de siéger un jour aux côtés de ces barbares ? De ces sauvages que nous devrions considérer comme nos pairs sur un caprice de notre princesse vierge que tourmente la chair ? Non, Borlhou, ni toi ni personne d'entre nous, ici, ne pouvons le tolérer.

Le régent le considéra longuement avant de répondre :

— J'entends bien ne *pas* le tolérer, Taldhour, mais n'oublie point que Djaïnahin sera majeure dans deux mois. Deux mois, c'est bien court et nous devons trouver un moyen de faire échec à ses divagations.

Taldhour s'exclama soudain :

— Divagations ! Tu as dit le mot qui pourrait nous servir de prétexte ! Les pouvoirs du Conseil de Régence l'autorisent à ajourner le couronnement de la reine si celle-ci manifeste un dérèglement mental ! Ne pouvons-nous pas invoquer, de par son attitude à l'égard des primitifs et de Rob, un signe de dérangement mental qui justifierait l'ajournement du couronnement ? Ainsi, nous tiendrions entre nos mains le destin d'Atlantis... ; et conserverions nos postes de conseillers par la même occasion !

Borlhou secoua la tête en soupirant :

— Il n'y faut point compter, Taldhour. Le vieux Kerlaïs, maître architecte et confident de Poséidon, notre roi défunt, père de Djaïnahin, s'y opposera de toutes ses forces. Et nous savons en quelle vénération le tiennent nos sujets. Non, cette éventualité est à rejeter. En revanche, nous pouvons peut-être forcer... *un peu* le destin et trouver à notre princesse un prétendant de sang atlante...

Linndhar, l'architecte assistant du vieux Kerlaïs, prit la parole :

— Deux impossibilités s'opposent à ce plan, Borlhou. La première est constituée par Rob le Fort lui-même, dont s'est entichée la princesse ; la seconde réside dans le fait que l'Arche du Temps ne compte aucun célibataire mais seulement deux cent cinquante couples, avec ou sans enfants. Lequel de ces couples consentirait à se désunir pour que l'homme devienne le prétendant de Djaïnahin ? Nos lois mêmes s'y opposeraient formellement qui visent à la prolifération de notre espèce. La Prophétie était tellement enracinée chez notre roi qu'il l'a toujours considérée comme immuable, persuadé ainsi que sa fille Djaïnahin trouverait à son réveil l'Homme Fort destiné à régner un jour à ses côtés.

— J'ai dit que nous pourrions... « forcer un peu le destin », Linndhar.

Les membres du Conseil le dévisagèrent, intrigués par le sous-entendu de ses paroles.

— Parle, Borlhou, nous sommes réunis pour

élaborer un plan. Si tu as une idée, discutons-la et voyons si elle est applicable.

— Soit, Taldhour, mon idée, la voici. Rob le Fort est notre premier obstacle..., qu'il faut éliminer. Je vous conseille d'y songer et de me faire part, le plus tôt possible, de vos suggestions. Ensuite, concernant la découverte d'un prétendant, cela ne doit pas être impossible. Vous vous souvenez sûrement de l'idylle, bien innocente il est vrai, qui avait un instant rapproché Djaïnahin de Wolnag ?

— Certes, confirma Linndhar, cela avait d'ailleurs fait jaser à la cour, néanmoins, le roi Poséidon y avait mis un terme en persuadant sa fille d'y renoncer, toujours pour respecter la Prophétie qui affirmait qu'une Princesse-Vierge devrait prendre place à bord de l'Arche du Temps.

— Imaginez, poursuivit le régent avec machiavélisme, que Rhalnoa, l'épouse de Wolnag... vienne à mourir ? Laissant Wolnag veuf et sans postérité ? Rob le Fort préalablement... éliminé, il ne resterait plus à la princesse que son ancien amoureux, brisé de chagrin, sans doute mais d'un chagrin qui ne serait pas éternel et fatalement, un jour, ces deux cœurs — rapprochés par la même douleur d'avoir perdu un être cher — songeraient très certainement à unir leur destinée.

» Songez à tout cela, mes amis et faites-moi part le plus rapidement possible de vos avis et suggestions. Nous avons deux mois devant nous, pas davantage, rappelez-vous-en...

Dans ses appartements, la jeune princesse,

bouleversée par ce qu'elle venait d'apprendre, resta un moment atterrée à fixer l'écran sur lequel l'on pouvait voir le régent et ses complices se séparer pour quitter la bibliothèque microfilmée. Elle interrompit le contact et l'écran redevint un banal miroir de psyché.

Epouvantée devant le plan criminel élaboré par le régent, Djaïnahin se leva, fit quelques pas dans sa chambre ; dans son désarroi, elle avait machinalement porté la main au pectoral triangulaire suspendu entre ses seins. Le contact de la petite clé magnétique collée au pectoral détourna le cours de ses pensées et elle arrêta ses déambulations pour hocher la tête. Oui, il lui fallait prendre cette décision, mettre dès demain en application le plan auquel elle réfléchissait depuis son retour à la vie... La rouerie criminelle du régent lui imposait d'agir selon sa conscience, mais il lui fallait tout d'abord prendre l'avis de Kerlaïs, le maître-architecte et confident de son père. Un vieil homme, sage et de bon conseil qui saurait lui venir en aide...

*
**

Rob le Fort et ses compagnons s'étaient mis à la disposition de Kerlaïs dès la reprise d'activité du chantier, afin de participer eux aussi à la construction des bâtiments de la première cité atlante aux abords de la pyramide.

Djaïnahin n'avait eu aucun mal à les persuader de ce volontariat et à présent, suivant les directives de Linndhar, l'assistant du maître-architecte, ils se montraient ravis de transporter des matériaux depuis les niveaux souterrains de l'Arche du Temps jusqu'au chantier, humble besogne qu'ils accomplissaient avec enthousiasme, sans réaliser son inutilité puisque, la veille, des machines perfectionnées, télécommandées depuis le poste souterrain de commande, avaient aussi bien — sinon mieux ! — exécuté ce genre de besogne !

Rob et Hervé transportaient allégrement de longues poutres d'un matériau qu'ils croyaient être du bois, un bois singulièrement léger malgré la dimension de ces éléments, pour aller les empiler sur le plateau d'un monte-charge mobile qui les élevait rapidement jusqu'aux étages des édifices en voie d'achèvement.

Au tout début de la matinée, la princesse avait eu un long entretien avec le vieux Kerlaïs ; tous deux s'étaient promenés dans la forêt, au sud-est de l'Arche du Temps. Pendant plus d'une heure, le vieillard, son bras affectueusement posé sur l'épaule de la jeune future souveraine, l'avait écoutée, loin des oreilles indiscrètes, s'arrêtant parfois, horrifié par les détails de la noire machination ourdie par le régent et sa « cour ». Ils avaient parlé, longtemps, pesé la situation, envisagé son évolution logique et pris des décisions d'un commun accord.

En revenant vers le chantier, Djaïnahin, Kerlaïs et Rob le Fort s'étaient entretenus de choses banales au cours desquelles la jeune fille avait habilement suggéré à Rob de décider ses frères à participer aux travaux en cours, ce qui avait été accepté avec joie par le chef des hommes de la rivière.

Djaïnahin avait suivi des yeux, avec un sourire ému, le « primitif » qui allait rapporter leur conversation à ses compagnons pour former des équipes destinées à travailler sous les ordres de Linddhar, l'assistant du maître-architecte, lequel ne verrait certainement pas ce concours d'un très bon œil ! Mais la décision de Kerlaïs primait sur ses ressentiments et il devrait faire bonne figure à ces « barbares » tout juste bons à jouer les manœuvres et à retarder un travail élémentaire qu'une machine eût accompli avec précision et sans perte de temps.

Le vieillard, auquel le regard de la jeune fille n'avait point échappé, lui sourit :

— Tu aimes vraiment cet homme, n'est-ce pas ?

Elle inclina la tête, non point confuse de cette question mais avec une sorte de perplexité.

— C'est bizarre, Kerlaïs, mais je crois bien que je l'ai aimé dès l'instant où je l'ai aperçu, debout et me contemplant dans mon sarcophage d'hibernation ! Malgré la peau de bête qui couvrait ses reins, malgré sa lance et son expression ahurie et inquiète, j'ai vu en lui l'Homme Fort de la Prophétie et mon cœur s'est mis à battre... J'étais bouleversée et heureuse à la fois.

Le vieillard lui prit la main, la serra doucement :

— C'est un homme franc et libre, ma Djaïnahin chérie et digne d'être ton époux aux conditions préalables que nous avons arrêtées tout à l'heure. Mais es-tu sûre qu'il partage... ou pourra partager ton amour ?

— Je ne suis sûre de rien, mon oncle, sourit-elle en lui donnant ce titre affectueux qui lui rappelait son enfance, au palais de Cerné, du temps où l'Atlantide était un continent puissant et merveilleux, du temps où Poséidon, son royal père, vivait encore.

» Non, je ne suis sûre de rien, mais je crois qu'il m'aimera..., *lorsque la barrière sera tombée.*

Pointant son index sur le triangle d'or qui scintillait entre ses seins, Kerlaïs répondit :

— Tu détiens la clé de cette barrière, ma chérie ; il t'appartient de l'abattre et d'être heureuse..., mais vigilante alors à tous les instants. Toi et Rob avez ma bénédiction. Puissent les Dieux faire en sorte que je voie s'épanouir votre amour et grandir vos enfants.

La jeune princesse l'embrassa avec tendresse et le suivit du regard en souriant tandis qu'il se dirigeait vers le chantier où Rob et ses compagnons s'attelaient à la tâche avec entrain.

Ceux-ci venaient d'achever d'empiler des poutrelles sur le plateau du monte-charge et, après s'être assuré qu'elles étaient convenablement disposées, Rob fit un geste de la main à l'intention de Linndhar qui donna l'ordre de soulever le chargement.

— Rob, je vois que toi et tes frères travaillez de bon cœur, le complimenta le vieillard tandis qu'Hervé et les autres repartaient vers l'Arche du Temps pour en ramenèr une nouvelle quantité de matériaux.

— Nous ne savons rien faire d'autre que de transporter ces poutres de la pyramide au monte-charge, Kerlaïs, mais nous nous efforçons de le faire de notre mieux, sourit Rob.

— Tu es un brave garçon, Rob, et tu mérites de progresser pour pouvoir accomplir un jour une tâche plus constructive. Il te faut avoir de la patience..., mais aussi pleinement confiance, en Djaïnahin et en moi-même ; tu verras, bien des choses que tu considères aujourd'hui comme impensables deviendront possibles, sous peu, pour toi et les tiens.

Un long cri d'horreur domina soudain le vacarme du chantier et Rob frémit en reconnaissant la voix, l'appel déchirant de Djaïnahin. Le vieillard avait lui aussi tressailli, s'était brusquement retourné vers la direction d'où venait ce cri.

Ils virent la jeune fille se précipiter vers eux en faisant de grands gestes et, subitement, un craquement sinistre au-dessus d'eux leur fit lever la tête : le plateau du monte-charge s'était incliné et, en tournoyant, il déversait son chargement de poutres dans le vide !

Rob, avec des réflexes d'une rapidité inouïe, souleva presque le vieux Kerlaïs pour l'emporter en courant mais, tandis que les poutres s'abattaient avec fracas sur le sol, à l'emplacement qu'ils occupaient une seconde plus tôt, l'une d'elles rebondit et atteignit la tête du maître-architecte. Celui-ci s'écroula, entraînant Rob dans sa chute.

Djaïnahin, qui avait lancé son cri de détresse depuis l'angle est de la pyramide arriva, hors d'haleine, pour s'agenouiller auprès du vieillard qui portait à la nuque et au-dessus de la tempe gauche une affreuse blessure.

De toutes parts, les Atlantes accouraient, horrifiés par cet accident stupide.

Le vieux Kerlaïs leva un regard vitreux sur la jeune fille qui luttait pour retenir ses larmes. Ses lèvres remuèrent et sa voix, haletante, leur parvint comme un murmure :

— Djaïnahin... Rob...

— Oui, mon oncle, nous sommes là, tous les deux. Dans une minute, tu seras transporté dans le bloc opératoire. N'aie aucune crainte, tu vas...

Il agita doucement la main, chercha celle de la jeune fille et la serra :

— Je n'ai... plus de crainte, ma chérie... Je vais mourir...

Un spasme le secoua et il fit un violent effort pour articuler :

— Rob... Rob le Fort, je te... confie Djaïnahin... Protège-la, aime-la comme elle t'ai...

Sa tête retomba sur la flaque de sang qui s'était formée sous sa nuque et il resta lcs yeux ouverts, la bouche entrouverte sur le mot qu'il n'avait pu achever.

La jeune fille se jeta en sanglotant sur le

vieillard et son sceptre lui échappa, roula dans la poussière. Rob, très ému par la mort de ce vieil homme qui chérissait la jeune fille, s'agenouilla lui aussi, ramassa cette « massue » cylindrique terminée par une sphère écarlate et il entoura de son bras gauche les épaules de la princesse secouée par des sanglots.

Les Atlantes, autour d'eux, s'étaient soudain vivement écartés. Rob leva les yeux et resta pétrifié de stupeur : dans l'air, à quelques mètres du sol et semblant surgir à toute vitesse de la grande ouverture de la pyramide, une étrange plate-forme de métal fonçait vers eux ! Une sorte de machine au milieu de laquelle un Atlante, debout, se tenait à une série de barres, d'objets bizarres qu'il touchait avec des gestes précis. La monstrueuse machine — qui avait jeté le désarroi chez les primitifs — se posa silencieusement auprès d'eux et l'Atlante sauta sur le sol.

Djaïnahin tourna vers lui ses yeux remplis de larmes et secoua la tête :

— Kerlaïs est mort. Il est, hélas ! inutile de le transporter au bloc opératoire... Conduisez-le au Temple où je veillerai jusqu'à son retour vers l'Orient des Ames Eternelles...

Le vieillard fut soulevé par Rob et par l'Atlante qui le déposèrent doucement sur la civière dont les pieds magnétiques adhéraient à la plate-forme. Puis celle-ci se souleva et réintégra l'Arche du Temps.

Djaïnahin s'était blottie en sanglotant dans les bras de Rob tandis que, autour d'eux, des murmures s'élevaient parmi les conseillers venus en compagnie du régent.

Linndhar, les traits durcis par la colère, les prit à témoins tout en haranguant la foule :

— Cet affreux malheur ne serait pas arrivé si nous avions laissé les machines accomplir leur travail au lieu de le confier à ces primitifs inexpérimentés !

Et de pointer l'index en direction de Rob pour cracher avec hargne :

— C'est lui ! Lui qui a mal disposé les poutres sur le monte-charge ! C'est sa faute ! Celle de ses amis qui sont des incapables et des...

Indignée par cette accusation mensongère, Djaïnahin, les yeux soudain brillants de colère, arracha des mains de Rob son sceptre et en dirigea la sphère écarlate sur l'assistant du malheureux maître-architecte. Rob, stupéfié, vit alors jaillir de ce qu'il avait toujours cru être une « massue » une série d'ondes concentriques violettes qui, agissant tel un « bélier », projetèrent Linndhar avec violence à plusieurs mètres de là ! En hurlant de douleur, l'assistant roula sur lui-même ; il resta hébété plusieurs secondes avant de pouvoir se mettre sur un coude et essayer de se redresser tandis que la jeune fille, en brandissant son sceptre magique aux pouvoirs redoutables, le menaçait :

— Je t'interdis de porter une telle accusation, Linndhar ! De l'endroit où je me trouvais j'ai parfaitement vu la scène, aussi bien que toi, d'ailleurs ! Les poutres étaient soigneusement disposées sur le plateau ; Rob s'en est assuré lui-même avant de t'indiquer par geste que tu pouvais donner l'ordre de faire fonctionner le monte-charge. C'est le plateau de celui-ci qui s'est mis soudain à osciller pour déverser ensuite son chargement !

» S'il y a faute, elle est imputable à une avarie du treuil ou à celui qui l'actionnait mais pas à Rob ni à ses frères ! C'était un accident...

Elle tourna ses regards vers le régent et rectifia, les dents soudées de rage :

— Du moins, je *veux* le croire !

## CHAPITRE VI

En tête du cortège silencieux marchait la princesse, précédant les porteurs de l'urne funéraire qui contenait les cendres du vieux Kerlaïs. Borlhou, le régent, et les membres du Conseil la suivaient ; derrière eux venaient ensuite les deux cent cinquante couples d'Atlantes.

En bordure du chantier, Rob et ses compagnons, avec tristesse, contemplaient ce cortège qui venait de s'arrêter sur une éminence dominant la plaine. Tristes, les primitifs l'étaient tous en cette minute, car ils comprenaient intuitivement que, avec le vieux Kerlaïs, ils venaient de perdre un ami, victime de ce stupide accident survenu la veille. Ils identifiaient un peu le vieillard à leur Sage, le vieux Pedro, toujours enclin à l'indulgence, habile à tempérer les désaccords ou à réconforter les membres de la tribu dans la peine.

Les porteurs de l'urne funéraire s'étaient arrêtés pour la déposer devant la princesse qui, les avant-bras croisés sur la poitrine, les doigts effleurant ses épaules, restait les yeux mi-clos en invoquant les dieux qui allaient recevoir le vieux Kerlaïs à l'Orient des Ames Eternelles. Lorsqu'elle eut achevé, après que la foule des Atlantes eut repris en chœur la réplique à son invocation, le régent s'approcha et se baissa pour saisir l'urne afin de la donner à Djaïnahin, ainsi que le voulait la coutume, mais la princesse l'arrêta d'un geste ferme.

— Non, Borlhou ! J'entends réserver cet honneur à celui qui en est le plus digne !

Le régent, littéralement souffleté par l'outrage de ces paroles, se redressa et resta un instant interdit à fixer la jeune fille, puis il articula d'une voix blanche :

— Nos lois et nos coutumes religieuses, ô Djaïnahin, ont toujours fait du régent le dignitaire suprême après le fils mineur ou la fille mineure d'un roi défunt...

— Nous ne sommes plus à la cour d'Atlantis, Borlhou, et j'entends modifier certaines de nos lois et coutumes, en la circonstance. Cette dérogation ne sera point une réforme et conservera un caractère exceptionnel mais j'ai décidé aujourd'hui de l'appliquer. J'ai dit.

Refoulant la colère, voire la haine qui bouillonnait en lui, le régent s'inclina et alla humblement rejoindre ses conseillers tandis que la princesse se dirigeait vers le groupe des primitifs restés à l'écart.

— Rob le Fort, murmura-t-elle, je t'ai choisi pour procéder avec moi au rite de la Dispersion.

— Mais, Djaïnahin, j'ignore tout de vos coutumes. Qu'attends-tu de moi, exactement ?

— Que tu te substitues à Borlhou pour me présenter l'urne funéraire et que tu m'aides à disperser les cendres de Kerlaïs aux quatre points cardinaux. Viens, tu n'auras qu'à imiter mes gestes...

Elle lui prit la main et le guida vers la châsse que les porteurs avaient posée sur le tertre qui dominait la plaine, au-devant du cortège. Si les Atlantes étaient choqués par cette entorse aux coutumes ancestrales, ils s'efforçaient de ne point le montrer, estimant que leur jeune princesse avait assurément ses raisons pour agir ainsi ; des raisons qu'elle se devrait de leur révéler au cours des deux mois à venir. En revanche, Borlhou et « sa » majorité du Conseil de Régence affectaient ouvertement une mine outrée.

Avec gaucherie, Rob souleva l'urne funéraire et la présenta à la princesse qui en ôta le couvercle finement ciselé dont elle se servit comme d'une coupelle en chuchotant :

— Verse une première quantité de cendre, Rob...

Il s'exécuta et la jeune fille, après avoir élevé la coupelle au-dessus de sa tête, les mains jointes, en dispersa le contenu vers l'orient que le vent emporta, telle une fumée. A son signe, Rob versa de nouveau la cendre dans le couvercle et, cette fois, Djaïnahin la lança vers l'ouest. Après avoir répété ce geste vers le nord et le sud, la jeune fille referma l'urne et Rob la déposa dans la châsse. Puis, se tournant vers la foule, la princesse, croisant de nouveau ses avant-bras sur sa poitrine, le bout des doigts reposant sur ses épaules, elle clama d'une voix pathétique :

— Gémissons, Fils d'Atlantis, gémissons au départ de Kerlaïs vers l'Orient des Ames Eternelles, mais que ce jour néfaste n'arrête point notre éveil à cette vie nouvelle. Et ne me jugez pas sur les apparences choquantes de cette dérogation à nos coutumes ancestrales. Je sais ce que j'ai fait et vous connaîtrez mes mobiles au plus tard le jour de mon couronnement ; ce jour-là, seulement, vous pourrez me juger et décider si oui ou non je suis digne d'être votre reine.

» Et maintenant, Fils d'Atlantis, que nos travaux reprennent force et vigueur.

Le régent, les membres du Conseil et la foule s'inclinèrent respectueusement pour se disperser ensuite et reprendre leurs occupations. Borlhou, avant de s'éloigner, tourna imperceptiblement la tête pour jeter à Rob un regard sournois, mais il se hâta de baisser les yeux en s'apercevant que ce « sauvage », lui aussi, l'observait avec inimitié.

— Borlhou te hait, Djaïnahin, remarqua Rob en marchant aux côtés de la jeune fille. Sans rien connaître de vos coutumes, je comprends qu'il a désapprouvé l'honneur que tu m'as fait en me demandant de t'aider à disperser les cendres de Kerlaïs.

— Il me hait à un point que tu ne saurais imaginer, Rob, confirma-t-elle.

— Mais pourquoi ? N'est-il pas... une sorte de chef, dans ta tribu, Djaïnahin ? Après toi, ne détient-il pas l'autorité ?

— Si, mais ce n'est pas l'autorité qui l'intéresse : c'est le pouvoir ! Le pouvoir suprême attaché à ma personne... Du moins à ce pouvoir qui sera le mien à ma majorité.

Ils venaient de rejoindre le groupe des primitifs qui, indécis, restaient aux abords du chantier, ne sachant pas s'ils devaient ou non s'adresser à Linndhar pour recevoir ses ordres.

— Bien sûr, Hervé, déclara la princesse. Vous pouvez reprendre votre travail, toi et tes frères. Je garde Rob encore un moment avec moi ; il vous aidera, lui aussi, tout à l'heure.

Avisant Bertrand l'Adroit qui revenait de la source, Rob l'interpella amicalement :

— Je vois que tu as maintenant pleine confiance en nos amis atlantes, Bertrand.

Celui-ci afficha une mine étonnée :

— Bien sûr, Rob, mais pourquoi me dis-tu cela ?

— Parbleu, parce que tu ne juges plus nécessaire de porter ton arc et ton poignard, même en travaillant !

— L'arc était trop encombrant, sourit-il, mais je garde...

Il avait dit cela en portant machinalement la main au ceinturon de son pagne et s'était interrompu en constatant que l'étui de son poignard était vide.

— Tiens, j'ai dû le perdre quelque part, dans le chantier. J'aurais mieux fait d'ôter cet étui et le laisser avec mon arc. Bah ! je le chercherai tout en travaillant, fit-il avec insouciance en se dirigeant avec les autres vers le chantier.

La princesse alla s'asseoir sur un rocher moussu au bord de la source et son compagnon l'imita, après avoir adressé un geste amical à un groupe d'enfants atlantes qui, armés de bâtons et criant à tue-tête, passaient en courant pour gagner le bois proche, en aval du ruisseau.

— Tu aimes les enfants, Rob, n'est-ce pas ?

— Oui, peut-être parce que le temps de mon enfance n'est pas très éloigné ? Dans mon village, Louisa et moi avions pour amis une bande de garnements aussi turbulents que ceux de tes frères, Djaïnahin, et comme eux, ils aimaient tailler des bâtons et jouer à la guerre.

— Louisa ? La femme d'Hervé la Chance ? s'étonna-t-elle. Serait-elle ta sœur ? Une parente, peut-être ?

— Elle est ma fiancée, avoua-t-il, aussi naturellement que s'il avait dit : « Il fait beau. »

La princesse cilla violemment, interloquée.

— Ta... *fiancée*, Rob ? Mais, j'ai cru comprendre qu'elle et Hervé étaient... comme mari et femme ?

— Tu ne t'es pas trompée, Djaïnahin. Ecoute mon histoire... Notre histoire, rectifia-t-il, et tu comprendras ce que j'entends par là...

Elle écouta, patiemment, avec une surprise grandissante, puis :

— Mais, alors, Rob, quand tu retourneras chez toi — si tu y retournes pour y passer quelques jours, précisa-t-elle avec appréhension —, Normandiv, ton chef, sera furieux, non ?

— Sans doute, mais bien des choses ont changé, pour moi, depuis que nous avons abordé le rivage de l'île des Esprits. Hervé et Louisa sont heureux ensemble et je ne crois pas qu'ils se soucieront d'observer les coutumes de nos tribus. Ils partiront vers le sud, vivront leur vie côte à côte et moi...

Il hésita, leva ses yeux sur la princesse et ajouta :

— Moi, Djaïnahin, je resterai ici, pour t'aider et te protéger..., si tu le veux bien. Le vieux Kerlaïs m'a demandé cela, tu t'en souviens, juste avant de mourir ? Mais je n'aurais pas eu besoin de cette prière car ma décision était prise...

Elle esquissa un sourire attendri et passa doucement ses doigts dans la chevelure de Rob assis à ses pieds :

— Que tu restes auprès de moi est mon plus cher désir, Rob. Et je sais que tu me protégeras.

Il prit, sur la mousse, le sceptre de la jeune princesse et le manipula avec crainte avant de le reposer à sa place.

— Avec ce..., cet objet que j'avais pris pour une massue — tu dois me trouver bête et ignorant, n'est-ce pas ? — avec cet objet, Djaïnahin, tu n'auras probablement pas besoin de ma protection car c'est là une arme magique redoutable. Je t'ai vu manipuler cette arme magique et projeter sur le sol Linndhar qui m'accusait si injustement, l'autre jour.

— C'est vrai, Rob, mais cette arme ne suffirait pas à assurer ma protection. Tu es l'Homme Fort dont parlaient notre Prophétie, nos traditions et...

Elle fut interrompue par les cris des gamins qui revenaient vers eux en courant. Certains d'entre eux pleuraient, en proie à une frayeur panique. La jeune fille saisit instinctivement son sceptre et se dressa, imitée par son compagnon, inquiet soudain.

L'un des enfants, bouleversé, bégaya quelques mots hachés avant de s'enfuir avec les autres vers la pyramide. Djaïnahin exerça une faible pression à la base cylindrique du sceptre et articula rapidement :

— Envoyez immédiatement la plate-forme de secours au sud de la source ; les enfants ont découvert une femme... morte !

Tous deux s'élancèrent dans les fourrés, suivant en sens inverse la piste des gamins et ils ne tardèrent pas à s'arrêter, interdits, dans une petite clairière. Sur l'herbe gisait une jeune Atlante, son pagne-tunique arraché et un poignard planté dans la poitrine !

Rob et la princesse s'agenouillèrent en hâte auprès de la malheureuse au moment où la plate-forme volante faisait son apparition et se posait à quelques mètres. Borlhou et Larkylon, le juriste de la colonie atlante, sautèrent au sol, ainsi que le pilote.

— Vite ! leur lança la princesse. Emmenez-la au bloc opératoire ! Elle vit encore.

Ils obéirent, chargèrent avec précaution la jeune femme sur la civière et s'apprêtaient à décoller lorsque Djaïnahin, entraînant Rob, prit pied, elle aussi, sur la plate-forme :

— Nous vous accompagnons pour assister aux soins qui doivent lui être administrés sans retard.

— Jusque dans... le bloc opératoire? s'étonna Borlhou. Ce n'est pas là un spectacle pour notre princesse bien-aimée, ô Djaïnahin.

— Cette femme est Rhalnoa, Borlhou, la femme de Wolnag, mon ami d'enfance, répliqua-t-elle sèchement. L'ignorerais-tu?

Le régent s'inclina.

— Non, ô Djaïnahin, et je comprends que tu veuilles l'assister.

Puis, se tournant vers le juriste, il ajouta, soucieux :

— Ce poignard n'appartient à aucun d'entre nous. Il suffit d'un simple coup d'œil pour s'en rendre compte. Sa facture est artisanale, grossière, Larkylon. Tu te doutes de l'orientation à donner à tes recherches pour trouver le coupable de cet assassinat.

— Naturellement, Borlhou. Je ferai diligence, promit-il en fixant l'arme enfoncée dans la poitrine de la malheureuse qui, les yeux clos, la respiration courte, un filet de sang suintant de sa blessure, paraissait aux portes de la mort.

Tandis que la plate-forme glissait silencieusement dans l'air pour pénétrer dans la large ouverture, à la base de la pyramide, Rob, bouleversé, ne pouvait détacher ses yeux de ce poignard. De ce poignard qu'il reconnaissait parfaitement pour être celui de Bertrand l'Adroit !

Prévenu par la jeune princesse, Wolnag, l'époux de la victime, brisé de douleur, se pencha sur le corps de sa femme qu'on emportait sur la civière vers le bloc opératoire où, déjà, le chirurgien et ses aides, revêtus d'une tunique aseptisée, les attendaient.

Laissés devant une baie vitrée de la salle d'opération, ils virent le corps de Rhalnoa soulevé et placé sur la table d'examen, inondé de lumière par un scyalitique et baigné d'une irradiation violine aseptisante tandis que le chirurgien s'apprêtait à retirer délicatement le poignard de la plaie.

— Comment l'un de ces..., de ces hommes a-t-il pu commettre ce crime abominable ? demanda Wolnag d'une voix brisée.

Borlhou arrondit les épaules, en signe d'ignorance.

— Un instant de folie, sans doute ? N'oublions pas que ces primi..., ces hommes, rectifia-t-il, sont privés de femmes depuis un certain temps et l'un d'eux, surprenant Rhalnoa seule dans la forêt a pu... succomber à ses instincts bestiaux...

Rob serra les poings et ses masséters se durcirent, mais il sut se maîtriser et quêta un ordre sur le visage de Djaïnahin. Celle-ci prit discrètement sa main, la serra d'un geste fugitif et répliqua :

— Ne te hâte pas de conclure, Borlhou, et ne te contente pas des apparences, Larkylon. S'il ne fait pas de doute que ce poignard appartient à l'un de nos amis, les hommes de la rivière, cela ne suffit pas à prouver que l'un d'eux est le coupable.

— Comment peux-tu penser, ô princesse bien-aimée, que l'un des nôtres puisse alors avoir perpétré ce meurtre ? s'indigna le juriste. Les deux cent cinquante couples constituant notre colonne ont été soigneusement sélectionnés et nous savons, de façon certaine, qu'ils ne pouvaient en aucune manière succomber à un pareil dérèglement mental ! Seul un primitif, assoiffé de luxure, a pu vouloir violer notre compatriote Rhalnoa puis la tuer ensuite pour qu'elle ne puisse l'accuser de cette monstruosité.

— Et, dans sa mentalité de primitif, le coupable aurait abandonné son poignard dans le corps de sa victime ? rétorqua Rob, en fixant le juriste avec une colère qu'il ne cherchait pas à dissimuler.

Djaïnahin le considéra avec surprise devant la pertinence de sa déduction de « primitif » ! Une déduction dont l'évidence ne laissa pas d'embarrasser Larkylon et le régent. Wolnag examina, lui aussi, le compagnon de la princesse et dut se rendre à l'évidence :

— Cet argument me paraît difficilement discutable, Larkylon.

— Un argument spécieux, en vérité, car rien ne nous prouve que l'un de ces primitifs n'a pas, préalablement, *volé ce poignard à son propriétaire dans le dessein justement de voir porter sur lui tous les soupçons* !

Rob secoua la tête, obstiné :

— Une telle ruse est impensable, Larkylon. Je connais mes hommes et ceux de mon frère Hervé. Aucun d'eux n'est capable d'un tel acte. Et à moins d'admettre que d'autres hommes vivent, en dehors de vous et de nous sur l'île des Esprits, c'est parmi les tiens qu'il faudra chercher le coupable.

Suffoqué par son audace, le juriste resta coi et ce fut Djaïnahin qui répondit à sa place.

— J'exige que la lumière soit faite, Larkylon et que ton enquête n'épargne pas les Fils d'Atlantis. Quelqu'un, parmi les nôtres, a sans doute intérêt à voir disparaître Rhalnoa. Je ne puis comprendre les mobiles de ce monstre, mais je veux que tu le découvres et qu'il soit châtié.

— Je m'y efforcerai, ô Djaïnahin, mais je ne te cache pas qu'une telle enquête risque de durer longtemps, en raison des multiples difficultés qu'elle soulève.

Le chirurgien sortit de la salle d'opération et ceux qui l'attendaient avec anxiété se précipitèrent vers lui.

— Est-elle ?...

Wolnag, la gorge nouée par l'émotion et l'inquiétude, n'osa pas achever sa question.

— Non, Wolnag, rassure-toi, Rhalnoa vivra. La lame n'a qu'effleuré le cœur sous le ventricule droit ; la blessure n'est pas mortelle. Je dois aussi t'affirmer qu'elle n'a pas subi de... violences.

— Aucune trace de viol, vraiment ?

Le chirurgien toisa le juriste et répondit nettement :

— J'ai la prétention de connaître mon métier, Larkylon ! J'ai dit : aucune trace de violence. Par contre, nous avons relevé une ecchymose sur la nuque de Rhalnoa et, manifestement, on l'a assommée..., avant de la poignarder. Surprenant, ne trouvez-vous pas ? fit-il en s'adressant non plus au juriste mais à ceux qui l'entouraient.

— Surprenant pour un primitif, qui ne se serait pas embarrassé de telles précautions, objecta la princesse. Mais explicable si le meurtrier est l'un des nôtres qui désirait avant tout la tuer *de face*. Pour cela, il lui fallait d'abord l'assommer, l'étourdir pour qu'elle ne le reconnût pas dans l'éventualité, improbable aux yeux du meurtrier, où celui-ci lui aurait infligé au départ une blessure qu'il n'estimait pas mortelle. En fait, il a réellement *cru* l'avoir tuée et n'a pas jugé bon de s'acharner sur la malheureuse...

— C'est ce qui l'a sauvée, confirma le chirurgien. Après quelques jours d'hibernation régénératrice, Rhalnoa pourra retourner à la vie, Wolnag, je puis te garantir son complet rétablissement.

*
**

Borlhou cessa d'arpenter nerveusement la pièce principale de son appartement, au quinzième niveau de la pyramide et fit face à l'un des conseillers invités à cette réunions nocturne :

— Nourlatho ! Tu es impardonnable d'avoir

échoué ! Je te croyais ferme et décidé et digne d'entrer dans notre clan, mais tu n'es qu'un imbécile !

— Un imbécile qui a tout de même eu le courage de tuer — ou tenté de tuer — cette femme innocente dont la mort favorisait tes desseins, Borlhou ! riposta-t-il avec véhémence. Oh ! bien sûr, fit-il en levant la main pour prévenir son objection, cela favorisait également les miens, puisque j'appartiens, moi aussi, au complot et espère bien en tirer profit. Mais n'oublie pas, Borlhou, que Rhalnoa était une amie de ma femme, que je la connaissais et tu devras alors admettre que ma main ait pu trembler quand, après l'avoir assommée, je l'ai retournée sur le dos pour... l'achever !

— D'accord, tu ne manques pas de courage, Nourlatho, mais d'adresse et c'est cela que je te reproche ! Maintenant, tout est à recommencer puisque Rhalnoa s'en tirera. Encore heureux qu'elle ne t'ait pas vu ! Il nous faut à présent reconsidérer nos plans et les ajuster à cette situation nouvelle, cela sans tarder. En effet, vous l'aviez remarqué, la princesse a osé bousculer, violer nos coutumes religieuses, en m'infligeant cet outrage public, ce matin ! Elle ne se cache même plus pour s'afficher avec ce barbare !

— Une telle impudence est inconcevable ! renchérit Linndhar. Elle n'a pas hésité à accomplir le rite de la Dispersion des cendres avec le concours de ce sauvage, tout comme si celui-ci avait été de sang royal ! C'est là une aberration telle que je me demande si nous ne pourrions pas reconsidérer la suggestion de Taldhour, lors de notre précédente réunion ? *A savoir, invoquer un dérangement mental chez la princesse.*

— Peut-être, Linndhar, peut-être, émit pensivement le régent. Mais il faudrait attendre que Djaïnahin s'enferre davantage, commette d'autres actes contraires à la tradition ou aux lois. Alors seulement nous pourrions réunir le Conseil en séance plénière et, devant l'évidence de son dérèglement mental, la déclarer *unanimement* inapte — fût-ce pour une durée temporaire — à exercer ses pouvoirs royaux à sa majorité.

*
**

Endormi parmi ses compagnons, sur l'herbe et la mousse aux abords de la source, Rob s'éveilla en sursaut en saisissant son poignard, mais il reconnut immédiatement la mince silhouette de la princesse et se leva, appréhendant un nouveau malheur.

Dans un chuchotement, elle le rassura :

— Ne t'inquiète pas, Rob, et réveille discrètement Hervé la Chance. J'ai besoin de vous. Réveille aussi Korlof et Bertrand l'Adroit.

Rob, que cette singulière prière laissait perplexe, répondit à mi-voix :

— Je ne peux pas réveiller Hervé sans réveiller aussi Louisa qui dort dans ses bras ; regarde...

Effectivement, le couple dormait enlacé sur sa litière de mousse.

— Tant pis, Louisa viendra alors avec nous, mais hâte-toi, Rob.

Quelques minutes plus tard, sur la pointe des pieds, le petit groupe se mit en marche suivant la jeune princesse qui pénétrait sous l'auvent de la pyramide et descendait ensuite dans les installations souterraines, là où, le premier jour, les primitifs avaient subi le transfert psycho-linguistique.

Djaïnahin les avait conduits dans un laboratoire dont les multiples sièges métalliques, dotés d'un « chapeau » relié au mur par des câbles diversement colorés, leur rappelaient précisément cette curieuse expérience du premier jour.

Du pectoral triangulaire suspendu sur sa poitrine, la jeune fille détacha la mystérieuse petite clé magnétique et alla ouvrir l'une des nombreuses cases de métal encastrées dans le mur. La porte de cette cavité avait une épaisseur énorme et ce qu'elle protégeait devait avoir une valeur inestimble. Rob et ses compagnons, qui suivaient attentivement les gestes de la princesse, furent assez déçus de la voir retirer de ce « trou » cinq cubes de métal dont deux d'entre eux tenaient aisément dans le creux de la main. Pourtant, malgré leur petitesse, elle paraissait avoir des difficultés à les emporter.

Rob vint à son aide et fut alors stupéfait de découvrir leur poids! Comment ces cubes d'aussi petite dimension pouvaient-ils peser si lourd ? Leurs faces étaient bleutées mais, en miroitant sous la rampe lumineuse du plafond, elles brillaient d'une infinité de couleurs du plus étrange effet.

Djaïnahin prit l'un après l'autre ces cubes et les plaça dans une cavité appropriée, derrière le dossier des cinq premiers fauteuils, puis elle referma cet orifice à l'aide d'un petit portillon de métal et remua plusieurs « bouts » de bois ou de métal noirâtres qui dépassaient du mur, au-dessus des sièges, sous les regards intrigués de ses compagnons.

— Ces cubes, mes amis, expliqua-t-elle, contiennent tout ce que nous savons, tout notre savoir schématisé, bien sûr, car il ne s'agit pas de cubes à spécialisation spécifique... Oui, sourit-elle, j'imagine que vous ne comprenez pas très bien mes paroles. Qu'il vous suffise de savoir seulement ceci : vous allez vous asseoir sur ces fauteuils mais, à l'inverse de la première expérience à laquelle vous vous êtes livrés et qui vous a permis de comprendre le sens général de notre langue, cette fois cette seconde expérience fera de vous des hommes nouveaux. Vous serez devenus les égaux de mes frères, les Atlantes.

— Ce que savent tes frères est enfermé dans ces cubes ? s'étonna Louisa. Et leur contenu va... passer dans notre esprit ?

— C'est très exactement ça, Louisa, confirma la jeune fille. Tu en comprendras le mécanisme après ce transfert global des connaissances. Et il n'est pas exclu que ce transfert active même nos cellules-mémoire qui , héréditairement, renferment une partie des connaissances de vos ancêtres, ceux que vous nommez les Anciens-anciens.

Rob la considéra, effaré :

— Tu le crois... vraiment ? C'est impossible, voyons ! Comment pourrions-nous nous souvenir, par exemple, de ce qu'était la vie des Anciens-anciens de Paris, la grande cité en ruine qui se trouve beaucoup plus à l'est de notre tribu ?

— C'est fort possible, pourtant, répondit-elle, intriguée cependant par les paroles de Rob. Comment dis-tu que cette grande ville s'appelait ?

— Paris. C'est Pedro le Sage qui nous en parlait, parfois. C'est là que les Anciens-anciens habitaient, dans de grandes maisons, avec des chariots qui se déplaçaient tout seuls et d'autres qui volaient dans les airs.

Djaïnahin parut désorientée :

— Paris... Quel nom étrange. Incompréhensible aussi, car, avant le grand cataclysme, aucune cité digne de ce nom n'existait nulle part sur la terre ! Seuls les Atlantes possédaient des véhicules à moteur et des aéronefs ; tous les autres peuples étaient encore très primitifs comparativement à eux. Je ne comprends vraiment pas comment vous pouvez avoir conservé, dans vos traditions, le souvenir d'une telle ville, Paris, qui manifestement n'a jamais existé... A moins, sourit-elle, que vous ne descendiez d'un peuple extraterrestre venu colonialiser la Terre temporairement ; un peuple qui serait reparti vers sa planète d'origine où, peut-être bien, une telle cité appelée Paris aurait pu exister.

Hervé réfléchit, puis s'exclama :

— Eh ! Mais je me souviens d'une légende, que contaient les vieux de ma tribu, en parlant des Anciens-anciens. Il y était question de dieux venus du ciel dans de gros oiseaux en fer qui, à la veille du cataclysme, avaient enlevé beaucoup d'hommes, de femmes et d'enfants (1).

— Oui, renchérit Rob, je m'en souviens aussi. Leurs oiseaux de fer avaient quitté la Terre pour regagner le ciel juste au moment des tremblements de terre qui devaient engloutir la presque totalité des Anciens-anciens.

Djaïnahin se passa lentement la main sur le front, soucieuse, troublée :

— Vous n'avez pas pu inventer une telle légende, mes amis. Ces traditions reposent certainement sur un fond de vérité, comme toutes les légendes et traditions, mais je continue à ne pas comprendre : avant le grand cataclysme, seul le continent atlante possédait une civilisation évoluée. Nous étions même sur le point de conquérir l'espace lorsque notre continent s'est abîmé dans les flots, mais je vous affirme qu'il n'existait nulle part une ville dénommée Paris. Le pays d'où vous venez était recouvert de forêts et peuplé de primitifs. Déjà, à cette époque, les gens étaient partagés

(1) Lire SF de Jimmy Guieu, n° 31 : *Demain l'Apocalypse*, op. cit.

sur le point de savoir si nous devions ou non les faire progresser vers les voies de l'évolution. Mon père entendait appliquer — ou me voir appliquer après lui — cette politique civilisatrice que désapprouvaient nombre de ses ministres, dont Borlhou.

Elle resta un instant plongée dans ses pensées, puis soupira :

— Allons, mes amis, nous étudierons ce problème après cette opération de transfert. Installez-vous sur ces sièges et détendez-vous, essayez de ne penser à rien, cela facilitera les choses et réduira la durée de l'expérience.

Confiants, ils obéirent et s'assirent sur les sièges tandis que la jeune fille adaptait sur leurs têtes de curieux « chapeaux » reliés au mur par des câbles.

Elle enclencha successivement les commandes disposées derrière le dossier des sièges et leurs occupants ne tardèrent pas à sombrer dans l'inconscience. Korlof et Bertrand, dont l'esprit envahi d'inquiétude opposait une certaine résistance, furent les derniers à fermer les yeux. La dernière image qu'ils emportèrent dans leur sommeil fut celle de la jeune princesse, soucieuse, son sceptre magique dans la main droite et montant la garde pour les protéger.

*
**

La respiration de Rob s'accélérait graduellement et sa tête, avec lenteur, remuait de gauche à droite. Il sortait avec peine de ce long sommeil, tout comme ses compagnons qui, eux aussi, émergeaient peu à peu de l'inconscience.

Il ouvrit les yeux et découvrit, penché sur lui, le visage souriant, soulagé de la jeune princesse ; de *sa* souveraine qui venait d'effleurer ses lèvres d'un baiser. Ce geste l'étonna et lui parut naturel à la fois, tout comme il s'étonnait de la savoir *sa* souveraine bien qu'il sût aussi qu'elle ne l'était pas, qu'il n'était *pas* un Atlante, qu'il était... Qu'il *avait été* un homme vivant dans un misérable village du continent. Et toutes ces images étranges, toutes ces idées, ces connaissances étrangères qui tourbillonnaient dans son esprit...

— Reste calme, Rob, murmura la jeune fille en posant sa main sur la sienne. Tu es dérouté, mais dans les minutes qui viennent, tes nouvelles pensées vont s'ordonner, se clarifier et tu distingueras tes propres souvenirs de ceux qui représentent notre savoir, ce savoir, historique et technique résultant du transfert que tu viens de subir.

Il obéit et ferma les yeux, la nuque appuyée sur le haut du dossier tandis que Djaïnahin allait de l'un à l'autre de ses compagnons pour les rassurer, calmer leur désarroi. Ils mirent près d'un quart d'heure avant de pouvoir intégrer, ordonnancer leurs nouvelles pensées, la masse de connaissances acquises en état d'inconscience tout en établissant insensiblement une barrière entre celles-ci et leurs souvenirs propres, ceux du temps de leur vie primitive dans la forêt.

Rob abandonna enfin son siège et se massa les paupières avant de soupirer :

— Djaïnahin, je comprends à présent ce que tu entendais en évoquant la possibilité pour ce transfert de réveiller en nous les souvenirs inclus héréditairement dans nos neurones mémoriels ; souvenirs de l'inconscient collectif révélés par cette opération. Cette mémoire atavique me revient peu à peu ; mais tout est nébuleux encore, imprécis et je n'arrive pas à cerner, à assimiler la valeur exacte de ces images surgies d'un passé lointain que seuls mes ancêtres — que nous appelions les Anciens-anciens — ont vécu.

» Hervé, qu'en est-il, pour toi ?

— J'éprouve les mêmes difficultés à y voir clair, Rob. Tout est tellement fantastique dans ces souvenirs embrouillés qui émergent en moi ! Le plus singulier, peut-être, se rattache à la notion que les Anciens-anciens avaient de l'Atlantide.

— Oui, enchaîna Rob, cela m'étonne aussi. Sais-tu, Djaïnahin, que nos ancêtres n'étaient qu'une minorité à croire en l'existence de l'Atlantide ? Les autres considéraient cela comme un mythe !

— Pourtant, si comme tu me l'as dis, objecta la jeune fille, vos ancêtres possédaient des aéronefs, ils auraient dû, en survolant l'Atlantique, apercevoir notre continent ?

— Nos ancêtres survolaient non seulement la Terre, mais ils avaient déjà atteint la Lune et ils ont visité des contrées encore plus lointaines, Djaïnahin ! Pourtant, ils n'ont jamais vu l'Atlantide.

— C'est paradoxal... et aberrant, voyons.

— Non, Djaïnahin, fit-il en passant nerveusement ses doigts sur son front, ridé par la réflexion. Tout commence à se clarifier en moi et je crois avoir compris ce paradoxe qui n'en est pas un. Nous avons été toi et nous les victimes d'un quiproquo : le grand cataclysme dont tu parles est celui qui engloutit l'Atlantide, alors que tous les autres continents n'étaient peuplés que de primitifs. Et le cataclysme dont nous parlons, nous, *est une catastrophe planétaire très postérieure à l'engloutissement de l'Atlantide* !

La jeune princesse le considéra avec effarement :

— Par les dieux ! C'est donc cela ! Et... te souviens-tu du temps qui s'est écoulé entre le premier et le second cataclysmes, Rob ?

— Le peu dont je me souviens semble concerner une période d'environ douze millénaires !

## CHAPITRE VII

Djaïnahin demeurait abasourdie par cette révélation :

— Douze mille ans ! Douze mille ans se sont donc écoulés depuis l'engloutissement de l'Atlantide ! Et durant ce temps — alors que notre Arche se trouvait immergée — les survivants du continent Est ont lentement progressé, passant graduellement d'un stade très primitif à d'autres stades, de plus en plus évolués pour aboutir à celui de la technologie puis à la conquête spatiale !

— Oui, Djaïnahin, et c'est au cours de ce dernier stade qu'un second cataclysme s'est produit, anéantissant de nouveau tout cet acquit technologique pour replonger les survivants dans l'état primitif où tu nous as trouvés, à ton réveil, confirma Rob, pensif. Et c'est à la suite de ce second cataclysme géologique que l'Arche du Temps a émergé, après la surrection de l'Atlantide, cette île Nouvelle que nous appelions craintivement : l'île de la Peur ou l'île des Esprits.

— Mais combien de temps a-t-il pu s'écouler entre ce deuxième désastre et aujourd'hui ?

— Nous ne le savons pas. Des siècles, des millénaires peut-être ? Les Livres Sacrés du Savoir que possède Pedro le Sage, il m'en souvient, portent une date, au bas de leur première page : 1972.

— Est-ce à dire que tes ancêtres faisaient remonter leur civilisation — ou l'aube de la technologie — à 1972 années ? Sur quel critère se fondaient-ils ?

— Tout cela est très confus dans mon esprit, Djaïnahin, car je n'ai jamais lu intégralement ces Livres Sacrés du Savoir ; une excellente encyclopédie autodidactique portant le nom de Quillet. L'auteur ou l'éditeur, je ne sais pas. Je crois que le point de départ de cette ère était l'apparition d'un dieu que mes ancêtres appelaient le Christ.

— C'est donc là une ère religieuse, Rob, qui ne nous apprend rien sur l'état de la technologie au moment de l'apparition de ce dieu. Cette ère a dû prendre fin à la veille du second cataclysme puisque vos traditions actuelles parlent de *nouveaux* dieux venus sur des « oiseaux de métal » — des astronefs — pour sauver une partie de l'humanité et l'arracher à la Terre que d'autres convulsions géologiques menaçaient. Rob, il va nous falloir, très bientôt, nous rendre dans ton village pour consulter ces Encyclopédies et combler ainsi bien des lacunes dans tes souvenirs. Malheureusement, ces ouvrages et pour cause, ne nous apprendront rien du temps écoulé depuis l'effroyable catastrophe planétaire où périrent tes ancêtres.

— Mes amis et moi t'y conduirons dès que tu le voudras, Djaïnahin.

— Demain, peut-être, fit-elle, pensive. Toutefois, il est important de continuer à vous conduire en primitifs, aux yeux de mes sujets. En aucun cas, Borlhou et sa clique du Conseil de Régence ne doivent se douter que vous avez subi ce traitement de transfert mémoriel des connaissances.

Hervé la Chance sourit avec confiance :

— Rien de plus facile, Djaïnahin, car le temps n'est pas si loin où nous étions encore des... « barbares », pour reprendre le qualificatif de Borlhou à notre endroit.

— Mais ce Conseil, Djaïnahin, serait-il composé uniquement d'hommes à la solde du régent ? s'étonna Louisa.

— Non, fort heureusement. J'y compte aussi des sujets dévoués et fidèles : le physicien Hoglouhan, Retlhor, l'assistant de l'ingénieur en chef, Thrakos, le philosophe et Larkylon, le juriste.

— Larkylon ? s'étonna Rob. Cet après-midi, pourtant, dans le bloc opératoire, il m'a bien semblé le voir épouser les soupçons de Borlhou à l'égard de celui d'entre nous qui était censé avoir poignardé Rholnoa ?

— Détrompe-toi, Rob. Larkylon est un homme juste et agissant toujours selon sa conscience, mais c'est un homme réfléchi et s'il a été au départ abusé par l'accusation de Borlhou portée contre l'un des tiens, il n'a pas tardé à révéler toutes les invraisemblances d'une telle accusation. J'ai parlé, ce soir, avec lui et je sais qu'il oriente à présent ses investigations parmi la colonie atlante et non parmi vous, mes amis. Maintenant, il faut nous séparer...

Elle avait dit cela sur un ton hésitant tout en prenant tendrement le bras de Rob.

Hervé les considéra tous deux avec un sourire de chaude sympathie et s'inclina, en entraînant les autres :

— Permets-nous de te souhaiter une bonne nuit, princesse... A tout à l'heure, Rob.

La jeune fille leva la main pour préciser, après une nouvelle hésitation que tempérait une lueur de joie dans son regard :

— Rob ne vous rejoindra pas... Héritière de la couronne d'Atlantis et soucieuse, pour le bien de mon peuple, de voir s'accomplir intégralement la Prophétie, je ferai de Rob mon royal époux, le jour même de ma majorité qui sera celui aussi de mon couronnement.

Elle tourna la tête vers son compagnon en accentuant son sourire :

— Du moins, si c'est là également ton désir ?

— En douterais-tu, Djaïnahin ? Mais quelle réaction devrons-nous attendre de Borlhou, le régent, devant ta décision anticipée ? Ne dépends-tu point encore des arrêts du Conseil de-Régence ?

Elle répondit avec une moue malicieuse :

— Ces arrêts sont uniquement applicables à une princesse-vierge, Rob. Et, demain, le régent sera bien forcé de te considérer — *lui aussi* — comme étant devenu mon époux...

Elle ne put s'empêcher de rire à la perspective de la revanche qu'elle allait prendre ainsi sur le régent mais, soudain, son expression changea et fit place à une surprise amusée :

— Oh ! Mais voilà ! Je crois avoir trouvé une excellente idée ! Attendez, mes amis, ne partez pas tout de suite, je vais vous l'exposer...

***

Le lendemain matin, convoqué par la princesse, le régent se rendit à ses appartements. A son approche, les deux gardes herculéens qui veillaient devant la monumentale porte d'orichalque constellée de gemmes étincelantes, s'inclinèrent et lui livrèrent le passage.

Borlhou traversa le hall éclairé par des appliques violines et s'arrêta devant la porte des appartements proprement dits. Celle-ci s'ouvrit et il pénétra dans un spacieux living où l'attendait Djaïnahin, ses longs cheveux blonds flottant sur ses épaules et son buste nus que parait le pectoral triangulaire incrusté de pierreries.

— Je suis venu aussitôt qu'on m'a annoncé ton désir de me parler, ô Princesse Bien-aimée.

D'un geste de la main, elle accompagna cette recommandation qui parut fort singulière au régent :

— Parle plus bas, Borlhou, je te prie. Je t'ai convoqué pour te faire part de mon désir de me rendre aujourd'hui sur le continent Est afin d'établir un premier contact avec les hommes de la rivière, puisque c'est ainsi que Rob et ses compagnons désignent leurs semblables.

Baissant la voix pour obéir au désir bizarre de la princesse, le régent s'inclina :

— Il en sera fait selon ta volonté, ô Djaïnahin. Je vais donner des ordres pour qu'une escorte t'accompagne.

— C'est cela, Borlhou. Nous partirons vers le milieu de la matinée car nous visiterons aussi les hommes du Nord, les frères d'Hervé la Chance.

Par la porte ouverte de la chambre de la princesse leur parvint une voix ensommeillée :

— A qui parles-tu, ma chérie ?

La foudre tombant aux pieds du régent ne lui eût point causé une plus grande stupeur. Les yeux exorbités, hésitant à en croire ses oreilles, il restait là, à battre des paupières, incapable de parler.

Djaïnahin, avec une moue de vive contrariété, chuchota :

— Je t'avais demandé de parler bas, Borlhou ! Tu vois, Rob vient de se réveiller.

Borlhou déglutit avec difficulté pour bégayer :

— Rob..., Rob est..., est *ici* ? Dans... Dans *ta* chambre ?

Elle parut surprise d'une telle question :

— Naturellement. Je l'ai choisi pour époux et, dès l'instant où notre mariage est consommé, il ne te reste plus qu'à ordonner au Conseil d'entériner, selon la loi, notre union.

Borlhou tourna brusquement la tête : Rob venait d'apparaître sur le seuil de la chambre, les cheveux emmêlés, les yeux bouffis de sommeil. Il étouffa un bâillement, parut enfin s'apercevoir de la présence du régent et lui fit un petit geste désinvolte de la main :

— Bonjour, Borlhou. Excuse-moi de t'accueillir ainsi...

Il s'approcha de Djaïnahin et l'embrassa longuement, sans plus se soucier du régent qui semblait frappé de paralysie.

Lorsque leurs lèvres se désunirent, Djaïnahin, sans relâcher l'étreinte de ses bras autour des larges épaules de son « époux », déclara :

— Rob chéri, j'ai annoncé à Borlhou notre intention de nous rendre, tout à l'heure, sur le continent Est.

— J'en suis ravi, tout comme le seront aussi mes parents de te connaître.

— Heu... Heu..., bégaya le régent qui semblait avoir de plus en plus de difficulté à réaliser l'effarante — et choquante — vérité.

— Eh bien ! Borlhou, parle !

— Heu !... Oui, Princesse, oui. Je... Pardonne cette question, mais, co..., comment Rob... Je veux dire, ton royal époux, fit-il avec une courbette hypocrite, a-t-il pu..., heu... franchir ta porte, alors que les gardes avaient reçu l'ordre formel d'en interdire l'accès à quiconque, à l'exception de moi-même ou de l'un des membres du Conseil ?

Djaïnahin eut un sourire ironique et, en l'invitant du geste à sortir, elle conseilla :

— Va donc le leur demander toi-même,

Borlhou, et n'oublie pas ensuite de réunir l'escorte qui m'accompagnera sur le continent Est.

Le régent s'inclina, sortit à reculons et referma la porte. Il traversa le grand hall presque en courant, ouvrit la monumentale porte d'orichalque et, blême de colère, s'adressa aux deux gardes :

— Vous avez enfreint la consigne sacrée d'interdire à quiconque les appartements de notre Princesse-Vierge !

Sans laisser aux gardes le temps de revenir de leur stupeur, il grinça, sarcastique :

— Vierge ! Parlons-en ! Comment avez-vous pu commettre une telle infamie, vous en rendre les complices ?

L'un des gardes se ressaisit, osa protester devant cette grave accusation :

— Tu es le seul à avoir franchi cette porte, ô Très Puissant et Respectable Régent ! Que les dieux nous rendent aveugles et muets si nous avons menti !

Borlhou, les dents serrées de rage, répliqua :

— Dans ce cas, préparez-vous à l'être, muets et aveugles ! Je vais revenir avec les membres du Conseil de Régence, mais en attendant, je vous ordonne de ne laisser entrer ou sortir personne, fût-ce la princesse elle-même ! Avez-vous bien compris ? Même pas la princesse ne devra sortir de ses appartements. Cet ordre vous indigne, je le sais, mais vous en comprendrez le bien-fondé lorsque je vous aurai dit que la malheureuse a perdu la raison ! Il faut que nous la protégions, vous comprenez ? Même contre elle-même.

Interdits, les deux gardes s'inclinèrent...

Une demi-heure plus tard, Borlhou se présenta de nouveau devant eux, suivi par le Conseil de Régence réuni au complet ; ce Conseil dont chaque membre affichait une expression à la fois incrédule et atterrée.

Lorsqu'ils pénétrèrent dans le living, ils furent un instant surpris de n'y point trouver la princesse.

Baissant la voix, Borlhou confia à sa cohorte :

— Ils doivent être dans la chambre... Et ce n'est pas plus mal car vous serez ainsi pleinement édifiés ! Venez...

Sans s'inquiéter d'outrager de la sorte l'intimité de la jeune princesse, Borlhou ouvrit doucement la porte pour la rabattre ensuite avec violence.

Il resta une minute médusé : la princesse Djaïnahin était dans son lit — seule — et paraissait dormir. Le bruit de la porte brutalement rabattue l'avait fait sursauter et, en battant des paupières, elle se mit sur un coude puis s'assit vivement, indignée :

— Qu'est-ce que cela signifie, Borlhou ? De quel droit venez-vous, tous tant que vous êtes, vous introduire chez moi sans y avoir été invités ?

— Où est-il ? questionna le régent, sans songer une seconde à s'excuser.

Djaïnahin cilla, fronça les sourcils, sans comprendre.

— Qui, « il » ? Qui cherches-tu ?

— Rob ! Rob le Fort ! Ton époux !

— Mon... Rob, mon *époux ?* fit-elle avant d'éclater de rire. Mais il se cache sous le lit, voyons ! Ne voyez-vous pas ses pieds qui dépassent ?

Comme un seul homme ils se baissèrent avant de réaliser qu'elle se moquait et continuait de rire à gorge déployée.

— Fouillez les appartements ! ordonna Borlhou. Il est là, je l'ai vu, de mes yeux vu, tout à l'heure !

La princesse étouffa un soupir apitoyé :

— Borlhou, vas-tu m'expliquer ce que signifie cette stupide entrée en force chez moi ?

Larkylon, le juriste, s'approcha d'elle, embarrassé :

— Pardonne-nous, Djaïnahin, mais Borlhou affirme avoir vu, tout à l'heure, Rob qui sortait de ta chambre. Vous vous êtes embrassés et tu as... Tu aurais, rectifia-t-il, annoncé au régent qu'il était ton époux et que, en conséquence, nous devions entériner votre union consommée.

Elle regarda alternativement le régent, Larkylon et tous les membres du Conseil puis, désignant son lit où elle était assise, répondit :

— Avez-vous l'impression que *deux* personnes ont dormi dans ce lit ?

Le juriste avoua, après un coup d'œil sur la literie à peine froissée :

— Non, à franchement parler, non, Djaïnahin, mais cela ne suffit pas à infirmer les dires du régent.

— Ce ne sont point des « dires », Larkylon, mais une affirmation formelle ! gronda Borlhou. Je les ai vus, tous les deux, s'enlacer dans le living, sans pudeur, devant moi !

La jeune fille soupira derechef :

— Je me demande si ce genre d'hallucination, Borlhou, n'indique pas que tu as perdu l'esprit ! D'ailleurs, je te trouve bizarre, depuis quelques jours...

Les membres du Conseil, avec une gêne mal dissimulée, coulaient des regards perplexes vers le régent qui, écumant de rage soudain, explosa :

— Cette insinuation est ignoble, Djaïnahin ! Tu as passé la nuit avec Rob ! Je l'affirme parce que je l'ai vu sortir de ta chambre ! Tu n'es plus la Princesse-Vierge, mais *la femme* de ce..., de ce barbare que tu entends désormais nous voir considérer comme le Roi ! Notre Roi !

— Dans ce cas, si tu l'affirmes, fit-elle avec désinvolture, c'est que tu dois détenir une preuve de ma... culpabilité, non ? Trouve d'abord Rob, dans mes appartements et nous en discuterons ensuite. Va, va avec tes valets, fouille et cherche et rends-m'en compte !

Le régent se tourna vers ceux qui l'accompagnaient :

— Fouillez chaque pièce ! Et toi, Linndhar, va interroger immédiatement les compagnons de Rob au chantier et demande-leur depuis quand il n'est plus parmi eux.

La fouille systématique ne donna évidemment rien et Borlhou, ne reculant devant aucune impudence, alla jusqu'à examiner attentivement la literie, les coussins, espérant découvrir la trace de « l'intrus », fût-ce un cheveu. En vain.

Lorsque Linndhar, l'âme damnée du régent, revint du chantier, la mine renfrognée qu'il affichait annonçait déjà son échec :

— Rob est au travail, Borlhou !

— Quoi ? éructa-t-il, effaré.

— Oui, il travaille avec ses compagnons. J'ai interrogé Hervé la Chance et Louisa, sa concubine, puis Korlof et Bertrand l'Adroit, Ils ont été unanimes à m'affirmer que Rob avait couché parmi eux, sur la litière de mousse, comme chaque nuit.

Larkylon fit quelques pas, soucieux, dans le living, sous les regards ironiques de la princesse, puis il fit face au régent :

— Borlhou, les faits parlent contre toi. Tu devrais reconnaître que tu as été victime d'une... hallucination et présenter tes excuses à notre Princesse Bien-aimée.

— Jamais, Larkylon ! Jamais ! Djaïnahin se moque de nous, de nous tous ! Je ne puis expliquer comment ce..., ce barbare a pu s'introduire ici, endormir la vigilance des gardes, mais il l'a fait !

— Soit ! fit la jeune fille, excédée. Tu m'accuses d'être devenue l'épouse de Rob..., que je t'ordonne de ne plus qualifier de barbare, cela dit en passant. Encore faudrait-il que tu prouves tes accusations, ne crois-tu pas ? Si tu perds l'esprit, ce n'est point ma faute, aie au moins l'honnêteté de le reconnaître !

— Je le prouverai, Djaïnahin, en exigeant du Conseil qu'il prenne la décision, l'arrêt, de te soumettre à un examen médical..., si tu vois ce que je veux dire ?

Elle le toisa avec froideur, parut hésiter longuement, horriblement gênée, puis :

— J'y consens, Borlhou, mais je te préviens... Et je vous préviens, vous aussi, les membres de ce Conseil : si la fausseté des accusations que le régent porte contre moi est établie, je prendrai alors à son endroit une décision irrévocable que vous aurez le devoir d'enteriner. J'ai dit. Et maintenant, finissons-en avec cette mascarade sordide et allez annoncer au directeur du Service Sanitaire que je me présenterai à lui dans un moment...

***

Anxieux, Borlhou faisait les cent pas dans la grande salle du Conseil de Régence et les membres qui l'entouraient n'étaient pas moins nerveux, impatients de connaître le résultat de l'exemen qu'ils avaient — un peu téméraire-ment peut-être — imposé à leur future souveraine.

La porte s'ouvrit bientôt, livrant passage à Djaïnahin que suivaient le professeur Krysos, directeur du Centre Sanitaire et deux médecins, outre l'infirmière en chef et son assistante.

Borlhou avait cessé ses déambulations pour tourner un visage angoissé vers les nouveaux venus.

Le professeur Krysos prit la parole, d'un ton coupant qui ne présageait rien de bon pour le régent :

— Mes assistants et moi-même avons, pour déférer à l'arrêt du Conseil, examiné notre Princesse Bien-aimée. Je puis vous affirmer, sous serment, que Djaïnahin est vraiment notre Princesse-Vierge.

Il se tourna vers celle-ci, s'inclina avec respect et s'apprêtait à sortir lorsqu'elle l'arrêta :

— Un instant, Krysos. Je veux que tu entendes ma décision car elle t'intéresse désormais au même titre que chacun des membres de ce Conseil. L'outrageante accusation portée contre moi par Borlhou, et ce en présence de tous les membres ici présents, m'incite de plus en plus fermement à penser que Borlhou manifeste, sinon un dérangement mental, du moins une altération de ses facultés de jugement. C'est là, de ma part, une déduction logique fondée sur des faits et non sur un diagnostic que je ne suis pas en mesure d'établir.

» C'est pourquoi, Krysos, je t'ordonne de procéder sur l'heure à l'examen psychiatrique de Borlhou. Telle est ma première décision. La seconde dépendra du résultat de cet examen. Larkylon, je te demande de veiller personnellement, ainsi que Trakos le Philosophe, à l'exécution de cet arrêt. Vous me rendrez compte ensuite du diagnostic du professeur Krysos.

Borlhou, frappé d'hébétude, effondré devant son échec, essaya de protester, de se reprendre, de réagir, mais la princesse l'interrompit sèchement :

— J'entends que tu te plies à ma décision, Borlhou, car, jusqu'à plus ample informé, ta charge de régent est suspendue ! Au fait, avant de te confier aux soins de Krysos, as-tu donné des ordres pour me composer une escorte ?

— Heu !... Oui, princesse. Dix hommes que j'ai choisis, moi-même, attendent ton bon plaisir.

— Parfait. Ils l'attendront longtemps car je n'ai pas l'intention de confier ma sécurité à des hommes précisément choisis par toi ! Puisque, dans tes hallucinations, tu vois Rob comme étant mon époux, pourquoi ne lui demanderai-je pas d'assurer, avec ses amis, ma protection ? C'est tout indiqué dès l'instant où nous nous rendrons dans son village natal...

⁂

Convoqués par la princesse Djaïnahin, Rob, Hervé, Louisa, Korlof et Bertrand l'Adroit, précédés par Linndhar, venaient de pénétrer dans l'immense hangar à la base de la pyramide. Jouant admirablement leur rôle de « primitifs », ils promenaient autour d'eux des regards vaguement inquiets devant ces alignements de « cases » de métal, rondes, dotées de fenêtres, mais juchées sur une sorte de cylindre et dépourvues de porte.

Devant l'une de ces « cases » les attendaient Djaïnahin, son singulier sceptre doré à la main.

— J'ai décidé d'aller faire une promenade

sur le continent Est, là où se trouvent vos villages, Rob et Hervé.

— Quelle joie, pour nous, de t'y accompagner, Djaïnahin ! s'exclama Rob avec un enthousiasme puéril. Mais la marche sera longue jusqu'au rivage de l'île et, ensuite, si les vents nous sont favorables, nous aurons une traversée d'au moins cinq à six heures pour...

— Nous n'irons pas à pied vers le rivage ni en bateau ensuite, Rob, le détrompa-t-elle pour ajouter, en désignant la « case » de métal sous laquelle elle les avait attendus : ceci, contrairement à ce que vous pensez, n'est pas une... maison, mais un aéronef, une machine qui peut voler, comme un oiseau, mais beaucoup plus vite.

— Comme un oiseau ? répéta Hervé, en affichant une mine sceptique. Mais cette... machine n'a pas d'ailes ?

Linndhar eut un bref regard méprisant pour ces « sauvages », mais se garda bien de manifester autrement son mépris.

— Ne te tracasse pas pour cela, Hervé, elle vole tout de même. Venez, nous partons immédiatement, fit-elle en posant sa main sur une aspérité du grand cylindre brillant.

Un panneau galbé s'enfonça légèrement dans le cylindre et coulissa latéralement pour démasquer la cabine d'un élévateur. Djaïnahin y pénétra la première, mais, au moment où Linndhar lui emboîtait le pas, elle se retourna :

— Non, Linndhar, toi, tu restes !

— Mais... Mais, princesse, je... Je dois t'accompagner. Le régent ne...

— Le régent a maintenant d'autres sujets de préoccupations au Centre Sanitaire et tu ferais mieux d'aller te soucier de sa santé mentale. Rob et ses compagnons sauront, aussi bien que toi, me protéger si besoin était.

Linndhar, inquiet de ce refus, insista :

— J'ai pour mission de veiller sur toi et...

— Je te délie de cette mission, Linndhar, répondit-elle en appuyant l'extrémité sphérique de son sceptre sur sa poitrine pour le repousser.

Ayant eu déjà à pâtir des effets douloureux de cette arme, il se recula vivement et, la rage au cœur, vit le portillon galbé se refermer à son nez.

Ce fut seulement lorsque la cabine de l'élévateur les déposa dans le poste de pilotage que Rob et ses compagnons éclatèrent de rire.

— Djaïnahin, ma chérie, tu as été admirable ! Ta ruse était réglée sans le moindre défaut ! Et c'est une chance que Borlhou et ses complices du Conseil aient ignoré l'existence de cet élévateur secret, coulissant dans l'arête nord de l'Arche du Temps, qui m'a permis de quitter tes appartements aussi discrètement que nous y étions entrés la veille. Mais quel dommage que je n'aie pu assister ensuite à la scène, lors du retour de Borlhou qui espérait te confondre, en présence de ses acolytes !

— Ce fut une scène très difficile à jouer pour moi et je me suis demandé plus d'une fois si je pourrais conserver jusqu'au bout mon sérieux ! Maintenant, nous voilà — au moins pour un temps — débarrassés de Borlhou et de ses complots.

— Le crois-tu vraiment ? Même dans les coulisses — pour autant que Krysos diagnostique chez lui une certaine propension aux hallucinations —, n'intriguera-t-il pas pour te perdre ?

— Peut-être car je l'en crois capable, en effet ; mais il réfléchira à deux fois avant de se lancer dans une seconde aventure susceptible de se retourner contre lui.

» Maintenant, nous pouvons partir, fit-elle en s'installant sur le siège rotatif, face à un tableau de commande. Restez auprès de moi car, si le transfert mémoriel des connaissances vous a appris le maniement de cet appareil, vous ne l'avez encore jamais piloté. C'est ce que je vais vous apprendre, durant ce vol que nous accomplirons à vitesse réduite pour vous permettre de vous y exercer successivement.

L'aéronef, avec un ronronnement feutré, se souleva, glissa avec lenteur vers la grande porte du hangar ouvrant à la base de l'Arche du Temps et s'éleva bientôt pour survoler le chantier à basse altitude.

Parmi les Atlantes chargés de la construction des édifices, les primitifs levèrent la tête, inquiets de cette apparition, de cette machine volante fort différente de la plate-forme qui avait emporté le corps du vieux Kerlaïs ; mais lorsque, derrière les hublots rectangulaires, ils reconnurent Rob, Hervé et leurs compagnons, ils restèrent médusés un long moment avant de répondre à leur salut amical. Certes, Rob les avait prévenus de ce départ, mais il n'avait pas cru devoir préciser qu'il aurait lieu à bord de cet engin !

Celui-ci, après avoir décrit une boucle au-dessus du chantier en pleine effervescence, mit le cap à l'est et s'éloigna à faible vitesse pour s'élever ensuite très rapidement et disparaître dans les nuages.

En le voyant ainsi grimper à une allure vertigineuse, Rob s'étonna :

— S'agit-il bien d'un aéronef, Djaïnahin ?

— Oui, Rob. Nous ne possédons que deux exemplaires d'astronefs à faible portée qui nous permettront un jour d'atteindre la Lune, à l'instar de mes ancêtres et des tiens. Mais cet appareil est bien un aéronef dont le plafond culmine au maximum à cent mille mètres. En grimpant de la sorte à la verticale, je veux observer la superficie de la partie émergée de l'Atlantide.

Au sein de l'ionosphère, Djaïnahin brancha le télévisionneur de bord, tout en commentant ses manœuvres à ses « élèves », afin de pouvoir contempler sur l'écran le vaste panorama des vestiges du continent atlantéen. Celui-ci s'étendait sur plusieurs centaines de kilomètres d'est en ouest et sur près d'un millier du nord au sud, affectant l'aspect d'une sorte de croissant aux bords irréguliers, dentelé de baies, d'estuaires de rivières, bosselé de collines, puis de montagnes vers l'intérieur ; ici et là, des lacs, de grands lacs et des bois, des forêts, alternant à l'ouest avec de grandes étendues désertiques et tourmentées.

— Cela ne ressemble plus à rien de ce que j'ai connu, soupira la jeune fille. Ce ne sont pas des siècles, qui ont dû s'écouler depuis la surrection de cette portion nord de l'Atlantide, mais des millénaires ! Sans cela, comment expliquer cette profusion de forêts, de rivières et celle de la faune, si nous nous fondons sur les seuls petits mammifères et les oiseaux aperçus dans les bois, autour de l'Arche du Temps.

— Oui, des millénaires, très probablement, confirma Rob. Ce qui explique d'ailleurs que, dans nos traditions, nous ayons défié les extraterrestres venus, à la veille du cataclysme, sauver une partie de notre humanité, de nos ancêtres. Pourrons-nous jamais savoir de quelle planète — de quel autre système solaire, peut-être — ces humanoïdes sont venus ?

— Il est probable, Rob, que nous ne le saurons jamais car bien du temps s'écoulera avant que notre colonie atlante soit en mesure de perfectionner nos deux astronefs au point de les doter d'une puissance suffisante pour rallier, d'abord les planètes de notre soleil, ensuite les systèmes voisins. La réalisation de ce rêve, de ce beau rêve, Rob, sera l'apanage de nos enfants..., ou de nos petits-enfants.

» Bon, ne songeons plus à cet avenir lointain et passons au maniement de l'aéronef. Installe-toi près de moi, Rob, et prends les commandes. Quant à vous, mes amis, fit-elle à l'intention de Louisa, Korlof et Bertrand l'Adroit, regardez attentivement...

Deux heures d'entraînement suffirent aux cinq « primitifs » pour assimiler les diverses manœuvres de pilotage et, après avoir successivement reçu en quelque sorte leur « brevet », après avoir fait la preuve de leur maîtrise parfaite de l'appareil, Rob fut « lâché » par la jeune fille.

Installé au poste de pilotage, ses mains sur les commandes, il modifia la polarité du champ de sustentation, perdit de l'altitude et fonça vers l'est, vers le continent d'où ils étaient partis depuis, leur semblait-il déjà, une éternité !

Le bras de mer séparant les côtes européennes de l'Atlantide fut franchi en quelques minutes et Rob dut réduire encore la vitesse de l'aéronef pour repérer, à vue, l'estuaire de la rivière. Il éprouvait une certaine émotion à voir ainsi de si haut ces rivages, ces vastes forêts, les méandres du fleuve, autant de lieux familiers où il avait coulé des jours paisibles, mais qu'il n'avait évidemment jamais pu contempler du haut des airs.

— Là ! Rob ! Notre village ! s'exclama Louisa en désignant, sur l'écran, les cases familiales réparties autour de la grande case commune, non loin du cours d'eau.

L'aéronef descendit lentement tandis qu'au sol les hommes, les femmes, les enfants occupés à manger devant leurs cases, levaient le nez, intrigués par cet oiseau de forme bizarre. Normandiv, le chef, s'était levé, avait saisi sa lance, imité par les autres primitifs, inquiets maintenant et point seulement intrigués en prenant conscience de l'aspect de plus en plus singulier de cet « oiseau ».

Rapidement, et sans savoir pour autant quelle en était la nature exacte, ils comprirent qu'il ne s'agissait pas d'un oiseau puisque cette sorte de champignon brillant ne possédait pas d'ailes. Normandiv courut vers la case de Pedro le Sage et, en brandissant sa lance vers l'intrus venu du ciel, il questionna :

— Vénérable Pedro, les Livres Sacrés du Savoir disent-ils ce que c'est, cette chose qui nous arrive des nuages ?

Le vieillard fit déborder sa lèvre inférieure en signe d'ignorance et secoua la tête :

— Je ne me souviens pas d'avoir vu une image de cet objet dans les Livres Sacrés du Savoir, mon fils. Ce sont peut-être les dieux des Anciens-anciens qui reviennent ?

— Mais ces dieux, Vénérable Pedro, est-ce qu'ils doivent un jour revenir ? Est-ce que les Livres Sacrés du Savoir le disent ?

— Non, mon fils, ils n'en disent rien. Nous savons que les dieux sont venus sur la Terre avant le grand cataclysme ; nous le savons parce que cela s'est transmis de père en fils, de génération en génération, mais les Livres n'en disent rien.

Anxieux, les primitifs abandonnaient leur repas et se regroupaient vers la case commune tandis que la « chose » venue des nuages descendait et grossissait, grossissait, devenait plus grosse encore que la case commune pour se poser enfin sur une aire de terre battue, à l'orée de la forêt. On la distinguait très nettement, à travers les parois de bambou de la case commune, là, à moins de cent mètres.

Les enfants pleurnichaient et leurs mères étaient rien moins que rassurées. Normandiv parvint à vaincre son angoisse et, en brandissant sa lance, il décréta :

— Venez, frères, allons accueillir les dieux... Et préparons-nous à les combattre s'ils devaient manifester leur courroux.

— Combattre les dieux ! bougonna Pedro le Sage. Tu parles comme un fou, Normandiv ! Que voudrais-tu opposer à la puissance des dieux, mon fils ? Crains plutôt leur colère et présente-toi à eux avec respect et sans la moindre intention de violence...

Les primitifs s'avancèrent, peu rassurés, puis ils s'arrêtèrent net en voyant, dans le corps cylindrique surmonté du « champignon », une porte s'ouvrir lentement...

## CHAPITRE VIII

Le chef du village et ceux de son escorte restèrent cloués de stupéfaction en voyant apparaître non point des dieux mais Rob le Fort, Louisa, Hervé la Chance, Korlof et Bertrand l'Adroit !

Fou de joie de les revoir vivants et de constater que sa fille revenait en leur compagnie, Normandiv courut vers eux, suivi par les villageois qui avaient abaissé leurs lances et javelots. Lorsque le tumulte de cette rencontre joyeuse et les multiples accolades se furent apaisés, Normandiv s'exclama, en désignant de sa lance l'étrange « case » mystérieusement descendue des nuages :

— C'est dans l'île des Esprits, Rob, que vous avez trouvé cette case volante, je suppose ?

— Oui, Normandiv, nous...

— Et ces pagnes, ces beaux pagnes, vous les avez aussi trouvés là-bas ? le coupa-t-il pour enchaîner aussitôt : et nos frères, les frères d'Hervé la Chance qui vous accompagnaient ?

— Ils sont restés sur l'île, Normandiv, mais,

rassure-toi, tous sont en bonne santé parmi nos amis qui vivent sur cette île.

— Et les..., les Esprits ?

— Il n'y a pas d'Esprits sur cette île, Normandiv, mais des hommes, des femmes, de chair et d'os comme nous et ce sont nos amis. Et, pour te le prouver, je vais te présenter leur chef : la princesse Djaïnahin, fit-il en tendant le bras vers la cabine de l'élévateur où apparut la jeune fille.

Impressionnés par sa grâce juvénile et sa sculpturale beauté, par la richesse de ce bijou triangulaire suspendu entre ses seins, étonnés aussi de lui voir porter à la main droite cette singulière « massue » dorée, ils s'inclinèrent, puis levèrent leurs lances pour la saluer avec des cris enthousiastes.

Quelques minutes plus tard, tels des enfants prodigues retournant au foyer, Rob et ses compagnons précédés par Normandiv et son escorte firent une entrée triomphale au village pour aller sans plus tarder saluer Pedro le Sage.

— Vénérable Pedro, commença Rob, nous avons souvent parlé de toi à la princesse Djaïnahin et à son peuple, les Atlantes ; de toi et des Livres Sacrés du Savoir que tu détiens. Je suis sûr que tu accepteras de les montrer à notre amie...

Le vieillard inclina la tête et arbora un chaleureux sourire, qui rida plus encore son visage parcheminé :

— Je le ferai volontiers, Rob le Fort et, au nom de nos frères, je souhaite la bienvenue à la princesse Djaïnahin. Que notre village soit le sien tant quelle voudra bien nous honorer de sa présence.

Normandiv ajouta, sur un ton jovial en entourant de ses bras les épaules de sa fille et celles de Rob :

— Mes chers enfants, j'espère que Djaïnahin restera parmi nous jusqu'à la nouvelle lune afin d'assister, en invitée d'honneur, à votre mariage.

Et d'ajouter, en riant de bon cœur :

— Et dire que nous avons pleuré la disparition de ma fille..., alors qu'elle s'était simplement cachée sur l'un des bateaux pour partir avec son bien-aimé !

La princesse Djaïnahin parvint à conserver son sérieux devant cette méprise qui plongeait quelque peu dans l'embarras les deux intéressés. Quant à Rob, il se borna à prononcer une phrase peu compromettante :

— Nous aurons beaucoup à faire, Normandiv, avant la nouvelle lune...

Djaïnahin vint à son secours et fit opportunément dévier la conversation en s'adressant au vieillard :

— Vénérable Pedro, permets-moi de te parler de mon peuple, les Atlantes, avant que tu veuilles bien me montrer les Livres Sacrés du Savoir. Cela va te surprendre, mais nous sommes ce que vous appelez des Anciens-anciens...

Un murmure de stupeur incrédule s'éleva autour d'elle, mais elle enchaîna, en simplifiant considérablement ses explications pour les rendre accessibles à ces primitifs :

— Nos ancêtres sont des rescapés du grand cataclysme et ils ont eu la chance de pouvoir sauver une grande partie de leurs machines, notamment plusieurs de ces machines volantes, identiques à celle qui nous a conduits jusqu'ici.

» Ce que vous appelez le « Triangle de lumière », visible depuis l'estuaire de la rivière, est une pyramide géante, une sorte de maison très solide dans laquelle nous nous sommes réfugiés lors du cataclysme, avec tous nos biens. C'est grâce à cette pyramide que nous avons pu échapper aux tremblements de terre et survivre. Voilà, en quelques mots, l'histoire de l'Atlantide, Vénérable Pedro.

— Pour compléter ce très bref résumé, intervint Hervé, il convient de préciser que, afin d'obéir aux coutumes de son peuple, Djaïnahin est venue chercher ici un époux..., qui régnera à ses côtés sur les Atlantes.

Le vieillard le regarda, plissa les paupières en esquissant un sourire malicieux :

— Serais-tu cet heureux homme, mon fils ?

Hervé la Chance toussota pour répondre vivement :

— Non, Vénérable Pedro, je..., j'ai déjà pris femme..., hors de mon village.

Habilement, Djaïnahin fit une fois encore diversion en priant le vieillard de lui montrer les Livres Sacrés du Savoir. L'examen de ces documents inestimables, témoignant d'un passé immémorial, dura près de deux heures ;

examen superficiel pourtant, eu égard aux centaines de pages de chacun des tomes de l'encyclopédie Quillet.

A voir discuter Rob et ses compagnons avec la princesse atlante, à les entendre user de termes que lui-même ne connaissait pas, Pedro le Sage finit par se demander s'ils n'avaient pas été frappés par un charme magique susceptible d'accroître singulièrement leur intelligence. Il en fut intrigué, inquiété aussi et comprit qu'ils n'étaient plus les mêmes, qu'ils se comportaient, raisonnaient à présent tout comme cette femme venue de l'île Nouvelle.

Djaïnahin referma le livre qu'elle venait de parcourir à la rubrique « Christianisme » :

— A la façon dont les prophètes successifs ont préparé la venue de ce messie, il semble bien qu'il se soit agi là d'une vaste opération civilisatrice orchestrée par des Extraterrestres pour donner à vos lointains ancêtres un Dieu unique. Cette encyclopédie fait allusion souvent à la Bible, ce livre sacré que Pedro le Sage, malheureusement, ne possède pas. C'est bien dommage car ce livre nous en aurait beaucoup plus appris sur l'origine de cette religion monothéiste. L'encyclopédie est plus chiche encore de détails concernant l'Atlantide et il apparaît clairement que notre continent disparu, dans l'esprit des Anciens-anciens, était un continent mythique puisque le récit qu'en fit Platon est qualifié de légende !

— Selon toi, intervint Rob, l'avènement du Christ aurait été préparé de longue date par des Extraterrestres dans le but de faire progresser spirituellement les Hébreux et, par la suite, d'autres peuples ? Si ton hypothèse est exacte, l'on peut penser que ces mêmes Extraterrestres, deux millénaires environ après la naissance de ce Messie, sont revenus sur la Terre, à la veille du grand cataclysme, pour sauver un certain nombre de nos ancêtres ?

— Cela paraît logique, Rob. Nous-mêmes, les Atlantes, envisagions de faire progresser les peuples de l'Europe et du Moyen-Orient lorsque l'engloutissement de notre continent vint ruiner ce projet. La vocation des civilisations évoluées — pacifiques — est précisément d'aider les peuples primitifs à sortir de leur condition misérable. N'est-ce pas, d'ailleurs, le but que je veux atteindre avec tes frères, malgré l'opposition de Borlhou et de la majorité du Conseil de Régence ?

Bien qu'il ait eu du mal à suivre ce long entretien tenu en sa présence, Pedro le Sage paraissait en avoir saisi le sens général, ainsi qu'en témoignait sa remarque :

— Toi et ton peuple, Djaïnahin, vous voulez donc nous aider, imiter ces dieux dont vous parlez qui vinrent sur la Terre il y a si longtemps ?

— Oui, Pedro. Nous viendrons un jour édifier une ville, à l'estuaire de la rivière et vous nous aiderez à la bâtir. En retour, nous vous apprendrons beaucoup de choses et vous donnerons les moyens de vous élever, de quitter cette vie misérable et dangereuse au cœur de la forêt.

— Et nous, Djaïnahin, promit le vieillard,

nous t'aiderons à combattre tes ennemis ; les hommes de la rivière et leurs frères, les hommes du Nord, mettront leurs lances à ton service. Tu seras notre reine, acheva-t-il en s'inclinant, imité par Normandiv. Et ton futur époux, que tu nous as dit vouloir prendre parmi nos fils, nous le reconnaîtrons pour notre roi.

La jeune souveraine échangea un furtif regard de connivence avec Rob avant de questionner :

— Cet homme que je choisirai, Pedro le Sage, promets-moi de l'accepter et de bénir notre union. Toi aussi, Normandiv.

Malgré la surprise d'une telle demande, le vieillard s'inclina de nouveau :

— Je te le promets solennellement, princesse.

— Tu as aussi ma promesse, confirma le chef de tribu. Le Conseil des Sages te renouvellera cette promesse ce soir même, à l'issue de la fête que nous donnerons en ton honneur.

— Je vous en remercie, sourit-elle en se levant. A présent, nous allons faire une visite aux frères d'Hervé la Chance, chez les hommes du Nord. Veux-tu nous accompagner, Normandiv ? Nous te laisserons parmi eux toute la journée, pendant que nous irons explorer les ruines de Paris et te reprendrons le soir pour venir fêter ici notre arrivée.

Normandiv ne cacha pas sa joie et jeta, avant de s'éclipser :

— Je cours chercher ma lance !

La jeune fille et ses compagnons dissimulèrent un sourire et prirent congé de Pedro le Sage. Celui-ci attarda ses regards sur Rob et déclara, l'air pensif :

— Tu as bien changé, Rob le Fort. Oui, tu n'es plus tout à fait le même..., et, toi aussi, Hervé la Chance, tu as changé.

Il considéra les autres et secoua la tête, intrigué :

— Vous avez tous changé..., même Louisa. Vous employez des mots que je comprends à peine, d'autres que je ne comprends pas et toi, Bertrand l'Adroit, toi qui ne franchissais jamais les limites du village sans ton arc et ton carquois, tu es revenu les mains nues, de même que tes frères. Le séjour chez vos amis atlantes vous aurait-il rendus invincibles, doués de pouvoirs magiques vous permettant de vous passer de lances ou de javelots ?

— Il y a un peu de cela, Vénérable Pedro, sourit Rob, mais ne crois surtout pas que nous soyons invincibles. Nous avons changé d'armes, simplement et du fait que nous revenions au village où nous n'avons que des amis, nous n'avons pas jugé utile de les prendre avec nous, mais elles sont dans l'aéronef..., dans la machine volante, corrigea-t-il.

Armé de sa lance, un poignard à la ceinture de son pagne en peau de chèvre et sa poche ventrale gonflée de rondelles de racines à mastiquer, Normandiv, fier comme Artaban, les attendait au pied de l'aéronef.

Sans la moindre hésitation, il les suivit dans la cabine de l'élévateur où ils venaient de s'entasser et, parvenu au poste de pilotage, il promena des yeux émerveillés sur le tableau de commande constellé de voyants lumineux.

— Comment se fait-il que tu ne sois pas plus... surpris de te trouver dans cette machine volante ? s'étonna Rob. Tu n'as pas peur ?

— Peur ? Et pourquoi donc aurais-je peur de cette machine magique puisqu'elle vous a permis, à toi et à tes frères, de vous conduire sains et saufs jusqu'ici ? Si elle vous protège, elle me protègera aussi..., non ?

Ce « non » interrogatif laissait percer une vague inquiétude pourtant. Rob s'empressa de le rassurer et, sur un discret coup d'œil de Djaïnahin, il se mit aux commandes et fit décoller l'aéronef. Là, Normandiv accusa le coup d'une vive surprise mêlée d'inquiétude.

— Tu... Tu sais faire marcher cette machine magique, Rob ? Tu es sûr, tout à fait sûr de..., des formules magiques ?

— Il n'y a pas de formule, Normandiv, mais un mécanisme à actionner et je sais..., nous savons tous, ici, le faire fonctionner, grâce à Djaïnahin qui nous l'a appris.

— Ma fille sait tout cela, aussi ? s'étonna-t-il.

Rob bloqua la commande de sustentation au point fixe et quitta son siège pour le céder à Louisa qui l'occupa aussitôt. Elle adressa un sourire confiant à son père et, après avoir décrit une boucle au-dessus du village, elle lança l'aéronef vers le nord. Normandiv, le nez collé à un hublot, regardait défiler le paysage avec des yeux émerveillés ; de temps à autre, il jetait un regard de biais à sa fille au poste de commande et bombait le torse, très fier de voir Louisa dotée de tels pouvoirs magiques. Car dans son esprit, en dépit des affirmations de Rob, seul un puissant charme magique pouvait faire voler cette machine !

***

Un quart d'heure plus tard, après une visite-éclair au village des hommes du Nord où Hervé la Chance avait été accueilli avec la surprise et l'enthousiasme que l'on devine, l'aéronef reprenait l'air, salué par les exclamations des hommes du Nord parmi lesquels Normandiv allait passer la journée, heureux de retrouver leur chef, son ami Loritzen et Kréac le Sage. Une journée au cours de laquelle il conterait les hauts faits de Rob le Fort, son futur gendre et de sa fille Louisa...

— Loritzen, mon frère, Hervé la Chance nous a dit avoir pris femme dans une autre tribu. J'aimerais qu'elle entende l'histoire de son mari et de Rob le Fort chez leurs amis les Atlantes. Fais-la venir parmi nous.

Le chef des hommes du Nord releva un sourcil, extrêmement étonné :

— Hervé n'a pas pu te dire cela, Normandiv. Il est célibataire et ses parents — que tu peux aller trouver dans leur case — te le confirmeront. Tu as dû mal entendre, sûrement.

C'était précisément pour éviter d'être mêlés prématurément à ce quiproquo que Rob et ses compagnons n'étaient restés qu'un instant au village des hommes du Nord; l'heure des mises au point et la minute de vérité pouvaient attendre !

L'aéronef, en cinglant vers le nord-est, survolait de temps à autre des cités en ruine, méconnaissables, recouvertes de terre et de végétation; bientôt, Rob et les autres « ex-primitifs » reconnurent l'immense forêt qui ceinturait les vestiges de Paris. A une cinquantaine de kilomètres à l'ouest de ces derniers, le cataclysme avait provoqué une monstrueuse cassure, un effondrement de terrain marqué par une falaise de plusieurs centaines de kilomètres orientée nord-ouest sud-est et haute, à cet endroit-là, d'environ quatre-vingts mètres. La Seine tombait en formidable cataracte du haut de la falaise et formait à la base un grand lac dont les eaux s'écoulaient, vers le sud-ouest, pour former la rivière à l'estuaire de laquelle Rob avait vu le jour, dans ce modeste village situé non loin des ruines d'une ville appelée jadis Bordeaux.

Plafonnant au point fixe, à la verticale de la falaise gris-jaune, l'appareil dominait cet étrange paysage recouvert de forêts subtropicales.

— Comment faisiez-vous pour vous rendre sur le site de la grande ville morte, ce Paris dont tu m'as parlé, Rob ? Cette falaise me paraît infranchissable.

— Il existe, plus au sud, une cassure perpendiculaire, Djaïnahin, une sorte de vallée grimpante qui nous permettait d'émerger sur le plateau. De là, nous remontions vers la rivière que nous longions ensuite jusqu'aux ruines qui s'étendaient à perte de vue. Une expédition très longue et périlleuse que les hommes de mon village et les hommes du Nord n'accomplissaient que très rarement. L'unique expédition à laquelle j'ai participé, il y a deux ans, dura près de trois mois et nous perdîmes sept des nôtres, en affrontant les tribus sauvages ou par accident. Lors d'une précédente expédition, sur le trajet de retour, trois hommes moururent mystérieusement : ils commencèrent par perdre leurs cheveux, leurs dents se déchaussaient, ils vomissaient, souffraient de diarrhée...

» Je sais maintenant, depuis que nous avons subi ce transfert mémoriel des connaissances, de quel mal incurable ils souffraient : ces malheureux sont morts, victimes des radiations. Il devait exister, à Paris, une usine, un laboratoire utilisant des éléments radioactifs à très longue période et, en fouillant les ruines, ils auront été irradiés.

— Un mal qui ne pardonne pas, hélas ! soupira la jeune souveraine. Notre aéronef est équipé de compteurs spéciaux qui détecteront les sources dangereuses qu'il nous faudra éviter. Lorsque nous édifierons une cité, proche de ton village, Rob, notre premier soin sera d'envoyer sur Paris une équipe spécialisée pour neutraliser les zones contaminées afin qu'elles ne fassent plus de victimes, fût-ce parmi les tribus sauvages. Louisa, veux-tu me laisser les commandes ?

Elle prit la place de la jeune fille, brancha

les détecteurs de radiations et dirigea l'aéronef, en perte d'altitude, vers l'immense champ de ruines qui s'étendait à l'est, au-delà de la forêt. La végétation luxuriante avait envahi une large portion des ruines informes ; des bouquets d'arbres massifs et touffus se dressaient çà et là. Sur l'écran auxiliaire qu'elle venait de mettre en circuit, montrant le champ de ruines survolé méthodiquement d'ouest en est et d'est en ouest, apparut bientôt une tache sombre sillonnée de points lumineux parallèles.

— L'aire contaminée par les radiations, indiqua Djaïnahin. Les détecteurs viennent de la dessiner. Elle s'étend sur environ quatre cents mètres, mais la zone « chaude » par excellence n'occupe qu'une petite surface, moins de cent mètres carrés. Sur cette superficie restreinte, la radioactivité atteint un taux léthal. Nous allons soigneusement l'éviter et remonter vers le nord de Paris, plus exactement vers le centre. Nous nous poserons près du fleuve, là où une masse de ruines émerge de la forêt qui pousse le long des berges.

— Je te conseille d'éviter la forêt, Djaïnahin. Les animaux sauvages n'y sont pas rares et même avec nos armes, fit-il en tapotant l'étui du pistolet à rayon accroché à son ceinturon, nous ferions mieux de ne pas nous frotter à eux.

— Je suivrai ton conseil, Rob, agréa-t-elle en choisissant, légèrement plus au nord, une aire dénudée environnée de mamelons informes, seuls vestiges des bâtiments détruits en ce quartier par les séismes.

Armés des pistolets rayonnants que la jeune fille leur avait distribués, ils abandonnèrent l'aéronef et se dirigèrent vers le nord en tournant le dos à la forêt et au fleuve. La plupart du temps, même le tracé des rues n'était plus discernable ; le cataclysme avait anéanti, pulvérisé la majorité des bâtiments et le vent, la pluie, avaient émoussé, érodé les contours mêmes de leurs décombres que, en maints endroits, la végétation recouvrait.

Louisa s'était baissée, essayant de dégager d'un petit mamelon un objet métallique. De son ceinturon, elle décrocha un outil à usage multiple, libéra la pointe bifide en acier et gratta sous les regards intrigués de ses compagnons. Aidée par Hervé, elle parvint à arracher à la gangue de terre durcie une plaque rectangulaire, tordue, à laquelle adhérait encore une couche de peinture bleue, vernissée. En raclant la terre qui la recouvrait, elle fit apparaître une inscription en lettres blanches, incomplète : *alais Roya.*

— « Alais Roya », répéta-t-elle, perplexe. C'est curieux que nous sachions lire cette graphie des Anciens-anciens. Sauf si nous admettons que l'enseignement psycho-tronique de nos amis Atlantes a pu réactiver nos chromosomes-mémoire...

— C'est très certainement ce qui s'est produit, approuva Rob. A cette inscription, il manque une lettre au début et à la fin. Seulement une lettre, d'après la surface de cette plaque et la longueur de l'inscription. La dernière lettre manquante devait être un « i » ou un « l » ; on distingue très vaguement une trace verticale de peinture blanche. « Roya ferait donc « Royal ».

— Palais Royal ? suggéra Djaïnahim. Le roi de ce pays devait avoir ici son palais.

— Possible, admit Rob. J'espère que, au cours de nos recherches, nous trouverons d'autres indices. Mais quelle drôle d'idée avait eu le roi de nos ancêtres d'utiliser cette plaque — ô combien modeste — pour l'afficher à l'entrée de son palais !

Ils poursuivirent leur marche, escaladèrent un monticule et virent, au nord de leur position, à moins de cinq cents mètres, un petit bois qu'ils évitèrent pour obliquer vers le nord-nord-est, en direction d'une colline de faible hauteur d'où émergeaient des poutrelles métalliques corrodées par la rouille.

— Un assez grand édifice, dont il ne reste plus que des décombres ensevelis sous des tonnes et des tonnes de terre compacte, nota Louisa.

Ils s'arrêtèrent devant une sorte de murette rougeâtre au flanc du monticule et constatèrent bientôt, en la grattant avec leurs outils, qu'il s'agissait d'une masse de métal longue de plusieurs mètres, enfouie dans une gangue de terre. Djaïnahin les fit se reculer et braqua son pistolet : le dard fulgurant, violet, fondit le métal, y tailla comme dans du beurre une ouverture d'un mètre carré environ. La plaque, au bord rougeoyant, bascula, tomba avec fracas à l'intérieur de cet énorme bloc métallique allongé dont les parois offraient une épaisseur d'environ vingt-cinq centimètres.

— On dirait un réservoir, un réservoir blindé à en juger à l'épaisseur de ses parois.

— Attendons que les bords de l'ouverture pratiquée au fulgurant se soient refroidis et nous irons jeter un coup d'œil, décréta la jeune souveraine.

Ils firent, en attendant, le tour des décombres formant un monticule d'environ cent cinquante mètres de long sur une soixantaine de mètres de large et, revenant auprès du mystérieux orifice, constatèrent que les parois déchiquetées par le rayon thermique avaient suffisamment refroidi pour leur permettre de s'aventurer à l'intérieur. La micro-torche électrique que Djaïnahin venait de braquer dans l'orifice éclaira, en contrebas, une pièce assez grande dont les murs étaient pourvus d'innombrables casiers fermés par des portillons de métal.

Rob évalua la distance du parquet et sauta sans mal. Il aida ensuite Djaïnahim et Louisa à descendre. Hervé, Korlof et Bertrand l'Adroit les rejoignirent ensuite, perplexes devant cette multitude de cases, toutes soigneusement fermées, de dimensions diverses. Au fond de la pièce, une grille d'acier dotée d'une énorme serrure fermait l'entrée d'un couloir obstrué dix mètres plus loin par l'effondrement du plafond et des murs. A droite, dans le couloir, une autre grille, analogue à la première.

— Les murs de cette pièce sont en métal

blindé, constata Rob, ce qui explique qu'elle a pu résister aux séismes.

— Aucune idée de ce que pouvait être ce bâtiment ?

— J'en sais davantage à présent sur la civilisation atlante que sur celle de mes ancêtres, Djaïnahim, sourit-il. Quand j'aurai le temps, quand *nous* aurons le temps, corrigea-t-il, nous devrons lire méthodiquement les Encyclopédies de Pedro le Sage pour nous familiariser avec la société disparue. Toutefois, à voir cette multitude de coffres encastrés dans ces murs de métal, je suppose que cette pièce renferme des objets précieux. Peut-être le trésor du roi puisque nous ne sommes pas très loin du Palais Royal ? Nous allons d'ailleurs le vérifier.

Il régla son pistolet sur l'intensité minimale et pressa la détente : le mince faisceau du rayon thermique fondit le métal à l'emplacement de la serrure du premier casier. Rob appliqua ensuite l'extrémité magnétique de son outil à usages multiples et, après plusieurs efforts, il parvint à dégager le portillon. De la cavité sortit un petit nuage de fumée ; une pile de rectangle de papiers illustrés de figurines anciennes achevait de se consumer, brûlés sur le trajet du rayon thermique.

Rob, d'un geste vif de la main, fit tomber sur le sol la pile en train de brûler et, du pied, il éteignit les flammèches, pour ramasser ensuite quelques-uns des rectangles de papier encore intact.

— Banque de France, lut-il. Cinq cent mille

francs. De la monnaie, des espèces dont se servaient nos ancêtres. C'est bien ce que je pensais : cette pièce renferme des coffres et nous devons être dans une banque, peut-être même dans celle qui portait le nom de « Banque de France ».

Louisa, qui s'était approchée pour fouiller dans le coffre, en retira une série d'écrains qui renfermaient des colliers, des bagues, des boucles d'oreilles, des pendentifs en or ou en platine, incrustés de pierres précieuses.

— Il n'y a pas que de la monnaie, Rob. Regarde ces merveilleux bijoux ! Et ces gemmes, d'une blancheur extraordinaire qui scintillent de mille feux !

— Oui, ce sont des diamants, sourit-il en prenant une bague ornée d'un énorme solitaire qu'il offrit à Djaïnahin : si elle te va, prends cette bague, chérie. C'est ainsi que procédaient mes ancêtres en offrant une bague à la femme qu'ils allaient épouser.

— Elle me va parfaitement, Rob. Merci pour ce cadeau et pour la signification que tu lui accordes.

Louisa, imitée par Hervé, Korlof et Bertrand l'Adroit, avaient entrepris de forcer les portes des autres coffres et bientôt un monceau de bijoux s'entassa au milieu de la salle !

— Qu'allez-vous donc faire de ce trésor ? s'étonna Djaïnahin.

— Mais, te l'offrir, pour que, à ton tour, tu le distribues aux membres de ma tribu et à ceux de la tribu d'Hervé, sourit Rob. Ces cadeaux seront grandement appréciés, sois-en certaine et ces largesses te vaudront la reconnaissance de tous, des femmes comme des hommes.

— L'idée me plaît, en effet...

— Eh ! Venez donc voir ce que j'ai trouvé ! s'exclama Korlof en exhibant deux petits livres retirés d'un coffre.

Deux livres très anciens, à la couverture en cuir fauve élimée, rongée par les ans, au papier jauni, marron sur les bords en partie déchirés.

— La Sainte Bible, imprimée à Mayence en 1483 par un certain Gutenberg ! fit Korlof après avoir peiné pour déchiffrer les caractères gothiques de cet inestimable incunable. Ce n'est pas du français, mais du latin, cette langue morte dont Pedro le Sage nous a souvent parlé, mais que j'arrive à peine à déchiffrer.

— Et l'autre livre ?

— Un roman. Le Roman de Renart.

— Placez soigneusement ces vieux livres dans les sacs en plastique que je vous ai donnés, conseilla Djaïnahin, et répartissons-nous ces bijoux.

— Je crois superflu d'emporter les billets de banque, déclara Bertrand l'Adroit. Que pourrions-nous bien en faire ?

— Au contraire ! Nous les donnerons aux enfants de la tribu, cela les amusera, sourit Rob.

— Nous en donnerons aussi à Tchouka la Sorcière, indiqua Louisa. Elle en fera des petits cornets — comme elle le fit jusqu'ici avec des feuilles d'arbre — pour y loger ses remèdes et autres médecines !

Et d'enfouir, par-dessus les bijoux d'or et de platine constellés de pierres précieuses, plusieurs centaines de billets de cinq cents francs destinés à finir comme papier d'emballage !

*Vanitas vanitatum et omnia vanitas* (1), n'eut point manqué de soupirer l'un des Sages philosophes des Anciens-anciens devant la piètre destinée de ces richesses !

— Avant de quitter cette « chambre au trésor », allons jeter un coup d'œil dans le couloir perpendiculaire, fit Rob en découpant aux rayons thermique deux des barreaux de la grille.

Ils franchirent l'étroit passage, recommencèrent l'opération avec la seconde grille et s'engagèrent dans ce nouveau couloir. A son extrémité, une énorme porte d'acier, circulaire, pourvue d'une formidable serrure commandée électriquement avec, en son centre, un grand volant noir recouvert d'une couche de poussière.

Fondre les grosses charnières et le mécanisme monumental n'exigea pas moins d'une demi-heure de rayonnement à jet continu ! Ils se reculèrent ensuite précipitamment lorsque la porte blindée bascula en arrière pour s'effondrer avec fracas.

Curieusement, une odeur infecte frappa leurs narines, provenant de l'immense salle ainsi démasquée. Intrigués, ils promenèrent le faisceau de leurs torches sur les longues ran-

(1) Vanité des vanités et tout est vanité *(Livre de l'Ecclésiaste).*

gées de lingots d'or, empilés jadis avec soin dans cette cave en métal et, aujourd'hui, dégringolés en tas, dispersés, éparpillés par les secousses du cataclysme.

— C'est tout de même bizarre, cette odeur affreuse, s'étonna Djaïnahin en faisant la grimace.

— Une odeur de...

Rob n'eut point le loisir d'achever : un grognement sourd, puis plusieurs résonnèrent lugubrement entre les murailles d'acier. Braquant leurs torches, ils virent s'avancer, en se dandinant sur leurs lourdes pattes, deux ours bruns monstrueux, babines retroussées !

Rob hésita une seconde et tira, non pas sur les bêtes, mais au-devant d'elles, sur le sol de métal. Sous l'éclat des fulgurations violettes qui balayaient le sol à quelques mètres devant eux, les deux plantigrades s'arrêtèrent en grognant, en balançant leur tête massive de droite à gauche.

— Retournez dans le couloir, vite ! ordonna Rob à des amis.

Alors qu'ils commençaient à battre prudemment en retraite, les deux ours s'enhardirent et trottinèrent vers eux mais, sitôt qu'ils eurent posé leurs pattes sur le parquet brûlant, ils poussèrent des grognements assourdissants. Rendus fous de douleur, les deux plantigrades foncèrent en hurlant. Rob dut alors se résoudre à les abattre, à les faucher de son dard fulgurant. Cisaillés en deux, les monstrueux animaux s'écroulèrent dans un flot de sang et de viscères immondes qui se mirent à grésiller, à fumer sur le sol de métal porté à haute température par le premier tir de semonce destiné à les effrayer.

Djaïnahim et les autres revinrent auprès de Rob, se demandant comment ces animaux avaient pu s'introduire dans cette chambre forte.

Ils en eurent l'explication en la parcourant peu après : au fond de la salle, une grille était éventrée, donnant sur un couloir en partie effondré. Dans l'amas de décombres, la pluie avait creusé peu à peu un orifice que les plantigrades avait agrandi à coups de griffes pour s'en faire une tanière.

— Ce boyau, assez large, doit mener obligatoirement vers la surface du monticule sous lequel cette banque est enfouie, du moins ses aménagements souterrains, ses caves blindées. Les ours ont un jour exploré ce boyau et ont abouti dans cette immense chambre forte dont ils ont fait leur tanière, parmi ces monceaux de lingots d'or !... Une belle histoire à conter, ce soir, à nos amis du village, sourit-il.

— Le fait que ces caves ont en partie résisté au cataclysme nous autorise à penser — ou à espérer — que d'autres lieux de ce genre peuvent encore renfermer des objets, voire des livres précieux, qui nous seront utiles, pour reconstituer l'histoire de tes ancêtres, Rob. Il nous faudra, ultérieurement, creuser, déblayer les ruines à la recherche de ces ultimes vestiges du passé des « Anciens-anciens ». Pour l'heure, continuons d'explorer la surface et, à la nuit tombée, nous retournerons au village d'Hervé pour y reprendre Normandiv...

# CHAPITRE IX

La poursuite de cette première exploration des vestiges de Paris se déroula sans autres incidents et, à la fin de la journée, l'aéronef reprit l'air pour aller chercher Normandiv au village des hommes du Nord.

Rob et ses amis le trouvèrent, sur la place du village, entouré des primitifs qui l'écoutaient bouche bée conter les hauts faits de son « gendre » en puissance et de ses valeureux compagnons. Il ne connaissait évidemment point en détail les péripéties de leur voyage, de leur séjour en Atlantide mais, l'imagination aidant, Normandiv en rajoutait, décrivait de sanglantes batailles contre les Esprits ou contre les monstres qui infestaient l'île de la Peur. Et l'auditoire de frissonner, suspendu à ses lèvres !

L'atterrissage des héros le fit se hâter de conclure, peu désireux de les prendre publiquement à témoin pour étayer sa narration passablement fantaisiste...

— Rob, mon fils, déclara-t-il, j'ai invité mon ami Loritzen, le chef des hommes du Nord, à venir avec nous au village pour fêter votre retour et pour honorer notre reine Djaïnahin. La machine qui vole pourra l'emmener, n'est-ce pas ?

— Très volontiers, Normandiv ; je ne crois pas que Djaïnahin y voie une objection.

La jeune fille acquiesça à cette requête et alla porter au vieux Kréac le Sage l'un des sacs en plastique remplis de bijoux :

— Voici un présent destiné aux femmes et aux hommes de ton village, Vénérable Kréac. Tu le distribueras après notre départ, cela en gage d'amitié et pour sceller notre alliance.

Lorsque l'aéronef décolla, les villageois le saluèrent avec force gestes, cris d'allégresse et tournoiement de lances pour accourir ensuite vers la case de Kréac le Sage qui brandissait à bout de bras le sac transparent gonflé de bijoux !

L'accueil que les hommes de la rivière réservèrent aux occupants de l'aéronef ne fut pas moins chaleureux. Pour honorer dignement la reine des Atlantes et ses compagnons, Pedro le Sage avait fait disposer sur la place du village de larges feuilles d'une plante aquatique très épaisse et spongieuse en guise de siège ; sur d'autres feuilles, des poissons grillés, du gibier rôti et des fruits attendaient les convives tandis qu'un grand feu avait été allumé.

Avant de s'installer à la place d'honneur, entre Normandiv et Pedro le Sage, la jeune souveraine avait tenu à procéder sans plus tarder à la distribution des présents. Colliers, pendentifs, bracelets, bagues et boucles d'oreilles parèrent bientôt les femmes — et les hommes aussi ! — du modeste village où Rob avait vu le jour. Les gamins reçurent — avec une joie mitigée, il faut bien le dire — quelques billets de banque en guise d'images et Tchouka la Sorcière se vit remettre, en plus d'un collier d'émeraudes, cinq ou six millions en coupures de cinq cents francs dont on lui expliqua la destination pour confectionner des sachets de « médecine » !

Si, pour ces billets de banque, la notion de valeur échappait totalement aux primitifs, celle des bijoux, en revanche, leur était beaucoup plus familière : aussi bien, devant ces cadeaux dont les pierreries chatoyaient aux flammes du grand feu, le prestige de la jeune reine, à leurs yeux, monta de plusieurs crans ! Ce fut donc dans la joie générale que l'on se mit à table, ou plutôt « en tailleur », jambes croisées, sur les larges feuilles de cette variété de nénuphars pour dévorer à belles dents les poissons, gibiers et fruits — succulents — préparés par les femmes de la tribu.

A l'issue du repas, Djaïnahin adressa un discret coup d'œil à Rob et à Louisa, assis aux côtés de Normandiv, puis elle se leva afin de déclarer à l'ensemble du village :

— Mes amis, votre frère Hervé la Chance vous a dit, ce matin, l'un des buts de mon voyage : prendre un époux parmi les hommes de votre clan. Normandiv et Pedro le Sage se sont engagés à approuver mon choix et je leur demande de renouveler publiquement cette promesse.

Sans hésitation, le chef du village et le vieillard levèrent la main droite et renouvelèrent ladite promesse.

— C'est bien, mes amis, enchaîna la jeune femme. Cet homme, je vais vous le désigner qui sera mon époux et aussi votre roi...

Minute de suspense parmi ces primitifs qui s'entre-regardaient, se demandant auquel d'entre eux allait échoir l'honneur de régner non seulement sur le village mais, aussi, sur tous les villages amis, voire, peut-être également sur les tribus des sauvages de l'Est.

Djaïnahin s'approcha de Rob et, en souriant, lui tendit ses deux mains qu'il saisit pour se relever cependant que, de tous côtés, fusaient des exclamations de surprise plus ou moins indignée !

Normandiv avait blêmi, s'était levé :

— Je réclame la réprobation du Conseil des Sages pour l'offense qui m'est faite ! Rob le Fort doit épouser ma fille Louisa ! Ils sont promis l'un à l'autre depuis...

Pedro le Sage aussi s'était levé pour poser sa main sur le bras levé du chef courroucé :

— Normandiv, mon fils, calme-toi et ne donne point le spectacle de ta colère à notre reine. N'agis pas non plus comme un parjure oublieux de sa parole. Toi et moi avons juré, tout à l'heure, devant toute la tribu, de reconnaître pour son époux l'homme que Djaïnahin aurait choisi. Tu ne peux renier ce serment, n'est-ce pas ?

— Non, je ne le renie pas, mais Djaïnahin nous l'a arraché par ruse et pour...

— Calme-toi, te dis-je, répéta posément le vieillard. Et, avant de prendre une décision, consultons plutôt la principale intéressée : ta fille.

Et, se tournant vers celle-ci, Pedro le Sage questionna :

— Louisa, tu as été directement offensée par ce choix qui te prive d'un époux auquel tu étais destinée. Dis-nous franchement ton sentiment sur cette regrettable situation.

La jeune fille se leva et, avec un sourire qui désarma l'assistance, elle répondit :

— Mon sentiment est que tout est bien ainsi, pour l'excellente raison qu'il n'y a pas d'offense, surtout pas envers moi. Rob et moi, depuis longtemps, avions décidé de rester simplement comme frère et sœur et non point comme époux. D'autre part, je savais aussi que Rob et Djaïnahin avaient décidé de s'unir et j'approuvais pleinement cette décision. De plus, j'appartiens *déjà* à un autre homme qui sera mon époux, fit-elle en tendant la main à Hervé la Chance qui vint la prendre et la garder dans la sienne.

Estomaqué, Normandiv revint à la charge :

— Parjure ! Parjure ! Hervé la Chance nous a dit avoir pris femme dans une autre tribu — ce que son chef, Loritzen, a d'ailleurs démenti — et le voilà qui prétend à présent prendre ma fille pour épouse !

— Mais, bien sûr, Normandiv, sourit Hervé la Chance. Et je n'ai pas menti en affirmant avoir pris femme dans une autre tribu puisque cette femme est Louisa et cette tribu la tienne !

Pedro le Sage considéra tour à tour les deux couples et soupira, après une mimique malicieuse :

— Normandiv, mon fils, ne crois-tu pas que les choses sont bien, ainsi ? N'as-tu pas compris que tout était changé, depuis ce matin ? Que Rob, Louisa, Korlof et Bertrand l'Adroit avaient changé, s'étaient métamorphosés durant leur séjour en Atlantide, parmi les frères de Djaïnahin que nous avons reconnue pour reine ? N'as-tu pas compris que ce sont eux qui ont raison et nous tort, qui n'avons pas subi le charme magique d'Atlantis ? Eux ont évolué, avec une rapidité que seule la magie peut expliquer et, nous, nous sommes pareils à ce que nous étions quand ils se sont embarqués vers l'île des Esprits.

» Allons, Normandiv, rejette toute idée d'offense et bénis avec moi l'union de Rob avec Djaïnahin et celle de ta fille avec Hervé la Chance. Loritzen, mon frère, bénis toi aussi ces jeunes gens au nom du Conseil des Sages de ta tribu.

Sans grand entrain, Normandiv et Loritzen finirent par se ranger à l'avis plein de sagesse du vieillard et, l'un et l'autre, devant le village assemblé sur la place, à la lumière du feu, ils unirent les mains des deux jeunes couples tandis que Pedro le Sage récitait l'invocation à la déesse de la fécondité. Tchouka la Sorcière s'éclipsa, alla farfouiller dans sa case et en revint munie de deux sachets — cornets naturellement formés par deux billets de banque !

— qu'elle donna aux jeunes époux en riant de sa bouche édentée.

— Vous boirez ce filtre d'amour qui vous garantira une longue postérité et beaucoup de bonheur ! Toi, Djaïnahin et, toi Louisa, quand vous mettrez au monde votre premier enfant, je viendrai leur apporter un fétiche puissant qui les protégera contre les maléfices.

Malgré le caractère puéril de cette cérémonie, Djaïnahin se sentit gagnée par l'émotion qu'elle devinait chez son compagnon aussi bien que chez Hervé et Louisa. Selon les rites tribaux des hommes de la rivière et des hommes du Nord, ils étaient à présent unis, époux et femme et cette union ne pouvait être contestée par quiconque... Du moins, chez ces primitifs qui, le matin même, lui avaient fait serment d'allégeance, l'avaient reconnue pour reine. Il en irait, hélas ! différemment avec ses sujets, les Atlantes !

— Djaïnahin, ma fille, tu ne prends pas ce filtre ? s'étonna la vieille Tchouka.

Tirée de ses pensées, la jeune souveraine s'empressa de saisir le petit cornet formé avec une coupure de cinq cents francs et sourit.

— Si, Tchouka, je le prends volontiers et je t'en remercie. Que les dieux te soient favorables et te rendent le bien que tu nous fais par ce présent.

La vieille femme, mésudée, se mit à esquisser un pas de danse en chantant ces louanges :

— Djaïnahin est bonne ! Djaïnahin est bonne ! Elle sait les mots qu'il faut dire pour conjurer le mauvais sort ! Elle est reine pour les siens et pour nous, mais elle est aussi une grande sorcière et je lui transmettrai les dons que les dieux m'ont accordés ! Mes dons et mes secrets des plantes de la forêt !

Elle s'arrêta, à bout de souffle, devant le vieux Pedro :

— Vénérable Sage de notre tribu, permets à ces enfants de quitter l'assemblée pour gagner leurs cases. La lune est haute maintenant et l'heure est propice pour consommer leur union. Les femmes ont préparé deux cases nuptiales, à l'orée du village et, déjà, les plantes sacrées brûlent à l'entrée de ces cases pour en chasser les mauvais esprits...

***

Rob sentit brusquement tressaillir Djaïnahin qui dormait au creux de son épaule : la jeune souveraine s'était dressée d'un bond sur leur couche de feuillage recouverte d'une natte.

— Qu'as-tu, ma chérie ? s'inquiéta-t-il.

Un grésillement continu le renseigna avant même qu'elle ait pu lui répondre : le micro-émetteur-récepteur-bracelet que la jeune femme avait déposé sur le sol, auprès d'eux, lançait un appel. Elle enfonça la petite touche du contacteur et se nomma. Du minuscule bas-parleur, une voix étouffée répondit :

— Ici, Larkylon, Princesse Bien-aimée.

— Je t'entends à peine, Larkylon, parle plus fort ou plus près de ton micro.

— Je ne le puis, Djaïnahin, perçut-elle avec

peine. Je me cache, dans la forêt, au sud de l'Arche du Temps. Ecoute sans m'interrompre, je t'en conjure. On peut me découvrir d'un instant à l'autre ! Borlhou a été déclaré inapte à exercer son autorité sur le Conseil de Régence par le professeur Krysos ; celui-ci, après examen, l'a reconnu très exalté et a admis que, victime de ces étranges hallucinations, il ne pouvait plus, du moins temporairement, occuper le poste de régent.

» Borlhou a donc été consigné dans ses appartements et mis sous surveillance médicale, mais Linndhar, son âme damnée, a pu décider les deux tiers du Conseil à se lancer dans une rébellion ! Borlhou est libre ! Les gardes qui veillaient à la porte de ses appartements ont été tués et Krysos est prisonnier, accusé de complicité ! On lui reproche d'avoir combiné, sous ta direction, une mise en scène visant à démontrer l'aliénation mentale de Borlhou. Et c'est toi, notre reine bien-aimée, que Borlhou dénonce maintenant comme folle et dangereuse pour la sauvegarde de notre colonie de survivants !

» J'ai pu m'esquiver, me réfugier dans la forêt ; mais Thrakos, le philosophe et Rethlor, l'ingénieur adjoint, sont tombés aux mains des hommes de Borlhou. Je n'ai pas de nouvelles de Wolnag ni du physicien Haglhouhan, tous dévoués à ta cause. Quant aux compagnons de Rob, ils ont été enfermés dans un secteur souterrain de l'Arche du Temps : Borlhou va faire d'eux les premiers esclaves destinés à l'édification de notre future cité. Tous les primitifs du continent Est vont subir le même sort ! Je...

Il y eut un long silence qui laissa Djaïnahin et Rob anxieux, puis la voix de Larkylon reprit, haletante :

— J'entends des pas qui se rapprochent, Djaïnahin ! Je vais devoir interrompre l'émission pour ne pas trahir ma présence ! Je te rappellerai si...

Dans le micro fusa soudain un cri atroce, puis ce fut le silence : le malheureux avait dû recevoir une décharge de rayons thermiques !

Dans le micro, à présent, plusieurs voix se faisaient entendre, celles de ceux qui le recherchaient et venaient de l'abattre. La jeune femme tressaillit en reconnaissait la voix de Borlhou qui s'adressait à elle :

— Djaïnahin ! Je suppose que tu m'entends, car c'est à toi que devait s'adresser ce traître de Larkylon ! Réponds !

Rob posa sa main sur celle de sa femme et secoua négativement la tête. Elle acquiesça d'un battement de cils et écouta.

— Tu m'entends, j'en suis sûr ! reprenait Borlhou, rageur. Où que tu sois, je te retrouverai, Djaïnahin et, cette fois, c'est toi qui seras reconnue folle ! Car tu le seras devenue, fais-moi confiance, après le traitement que je te réserve ! Tous ceux qui te verront alors ne douteront plus de ta folie et je pourrai enfin établir le règne de sagesse qui sera le mien ! Que m'importe que tu te sois donnée ou non à ce barbare ! Tu ne seras plus qu'une pauvre femme enfermée pour la vie et constamment surveillée par des gardes à moi, qui me seront complètement dévoués.

» Tu as cru pouvoir te jouer de moi, n'est-ce pas ? C'était là faire peu de cas de mes ressources et de la fidélité des deux tiers du Conseil ! Quant aux autres, ceux du moins que nous n'avons pas encore pu trouver, ils subiront le sort de ton ami Larkylon ! Je les ferai griller aux rayons thermiques comme des charognes !

D'un geste brusque, la jeune femme coupa le contact et se mit à sangloter dans les bras de son compagnon. Celui-ci l'aida à se relever, la serra contre sa poitrine et déclara, d'une voix ferme :

— Djaïnahin, ma chérie, nous avons mieux à faire qu'à nous lamenter. Le jour est proche et Borlhou, assurément, va lancer des aéronefs à notre recherche. Il faut agir très vite. De quel armement disposons-nous ?

— De nos pistolets à rayons thermiques et des paralysateurs individuels, c'est tout. Je n'ai pas cru devoir affréter, pour venir chez les tiens, un aéronef de combat et cette négligence risque de nous être fatale !

— Peut-être pas ! Je crois, au contraire, que cela devrait être un atout ! Viens, il faut alerter immédiatement les hommes du village !

— Mon pauvre chéri, soupira-t-elle, que pourraient-ils faire contre des gardes armés de désintégrateurs ou contre les canons à rayons thermiques des aéronefs de combat ? Des canons dont le dard porte à plus de mille mètres ? Leurs flèches et leurs javelots auraient autant d'effet sur ces armes redoutables que les charmes de Tchouka la Sorcière !

— Qui parle de javelots ? fit-il avec un sourire énigmatique. Allons, viens, nous devons alerter mes frères...

*
**

Sous la conduite de Linndhar, le puissant aéronef de combat s'immobilisa à haute altitude à la verticale de l'estuaire de la rivière. Les premiers rayons du soleil accrochaient des lueurs sanguines sur la coque monstrueuse de cet appareil en forme de champignon. Sous chacun de ses hublots pointait la gueule bleuâtre d'un canon thermique et, au faîte de son dôme transparent, se dressait le cône du désintégrateur à longue portée. La puissance de tir, de destruction, de cet engin était proprement colossale.

L'un des observateurs postés devant les écrans de contrôle appela son chef :

— Aéronef repéré, Linndhar ! Je l'ai localisé sur cet îlot couvert de végétation, au milieu de la rivière, assez loin à l'intérieur de l'estuaire.

— Parfait ! Atterrissons !

Fondant sur l'îlot comme une buse sur sa proie, l'aéronef de combat, dix fois plus volumineux que le modeste appareil de reconnaissance, alla se poser en douceur à l'extrémité ouest de l'îlot, à quelque deux cents mètres de son objectif sur lequel furent pointés les canons thermiques.

A travers les hublots, Linndhar et son

commando observaient minutieusement le paysage, l'aéronef, les flots limoneux de la rivière qui faisaient s'agiter mollement les roseaux et les larges feuilles des nénuphars géants.

— Ils ont dû dormir dans l'aéronef. Je ne vois aucune trace de campement ni même de bivouac. Premier commando, prêt ?

— Prêt, chef.

— Allez-y ! Encerclez-les et n'oubliez pas que Borlhou les veut vivants !

Le chef du commando et ses quinze hommes empruntèrent l'élévateur axial qui les déposa sur le sol. Armés de pistolets paralysateurs, ils se déployèrent silencieusement en demi-cercle et, courbés en deux dans les feuillages touffus, ils progressèrent avec prudence. A peine eurent-ils fait une centaine de mètres — la moitié de la distance qui les séparait encore de l'aéronef — que trois des Atlantes du commando poussèrent un hurlement de souffrance et s'affaissèrent dans l'herbe haute.

Leur chef jeta un ordre bref de dispersion et, presque aussitôt, de tous côtés, les hommes qui s'éparpillaient se mirent à hurler à leur tour. En quelques minutes, les quinze Atlantes furent mis hors de combat, une cheville brisée par les mâchoires des pièges à gibier forgés par les primitifs ! Des pièges répartis par centaines sur l'îlot, selon le plan conçu habilement par Rob.

A bord de l'aéronef de combat, Linndhar, qui avait suivi la lente progression du commando, explosa de rage :

— Les barbares ! Ils ont osé camoufler des pièges ! Et c'est avec ces moyens de sauvages qu'ils sont venus à bout de nos hommes !

Il jeta un coup d'œil sur le second commando, prêt à prendre la relève et hésita : dix hommes. Il lui restait dix hommes seulement, outre l'équipage et les cinq servants des canons thermiques. Avait-il le droit de sacrifier ces Atlantes qui n'étaient pas des guerriers mais des techniciens, des ouvriers hautement spécialisés ? Chaque touffe d'herbe, chaque mètre carré aux abords de l'aéronef à investir devait dissimuler un piège !

— Second commando ! appela-t-il. Vous allez sortir, mais avec des pistolets à rayons et balayer le sol devant vous afin de détruire ces pièges ! Exécution... Et ne prenez pas de risques inutiles !

Le second commando, qui ne comprenait plus que dix hommes, se mit à avancer plus prudemment encore que le précédent. A quatre pattes, ils projetaient devant eux, en tir rasant, le faisceau fulgurant de leurs armes thermiques. Chaque fois que l'un de ces dards violets atteignait un piège, celui-ci sautait en l'air, porté au rouge et retombait, inoffensif.

Grâce à cette parade, pas un seul Atlante ne fut victime des puissantes mâchoires de fer et, au terme de cette lente reptation, qui obligeait les Atlantes à de fréquentes haltes pour permettre à l'herbe enflammée de s'éteindre en la fouettant avec divers objets trouvés à bord de l'aéronef de combat — la plupart du temps des vêtements de rechange — ils arrivèrent enfin sur la zone de terre nue au milieu de laquelle se dressait l'aéronef.

Celui-ci n'était plus qu'à une quinzaine de mètres. C'est alors, mais, alors seulement, que certains des assaillants remarquèrent que les vitres blindées des hublots avaient été soulevées. Mais, avant d'en avoir compris la raison, ils virent apparaître à chacun de ces hublots deux primitifs armés d'un arc ! Dans la seconde qui suivit, une grêle de flèches non pas terminées par des pointes mais par une boule de glaise s'abattit sur eux, frappant leur crâne et les assommant aussi sûrement qu'avec une massue...

La rage de Linndhar ne connut alors plus de bornes. Il restait seul avec les trois hommes d'équipage et les cinq servants des canons thermiques, ces armes redoutables qu'il avait reçu l'ordre de ne pas employer pour permettre de capturer vivants Djaïnahin et ses complices.

Linndhar tournait en rond dans le poste de commande, hésitant à appeler Borlhou pour lui faire part de son lamentable échec. La rage au cœur, il jetait de fréquents regards vers le petit aéronef dans lequel se cachaient la princesse et ses sauvages. Ces barbares qui, avec leurs procédés primitifs et leurs arcs dérisoires, avaient eu raison des deux commandos puissamment armés !

En fait, si Djaïnahin se trouvait bien où il croyait qu'elle se trouvait, Rob, Hervé, Korlof et Bertrand, eux, étaient ailleurs. Durant toute l'attaque, ils étaient restés dissimulés dans les roseaux, totalement immergés dans la rivière et respirant à l'aide de cannes évidées. Rob, ou Hervé, de temps à autre, observaient le déroulement des opérations ; lorsqu'ils virent le second commando littéralement assommé par les flèches terminées par des boules de glaise durcies au feu, ils entraînèrent leurs compagnons vers l'aéronef de combat qui trônaient sur l'îlot, juché sur ses énormes piliers télescopiques.

Sans être vus, Linndhar et ses hommes portant tout naturellement leur attention vers l'aéronef et non point vers l'arrière de leur position, Rob, Hervé et Bertrand l'Adroit se coulèrent dans la cabine de l'élévateur en laissant, tapi dans l'herbe, Korlof aux aguets.

Tandis que la cabine les emportaient vers le poste de commande, ils retirèrent prestement des sachets plastiques leurs pistolets fulgurants et leurs paralysateurs. Sitôt que le portillon galbé se fut escamoté dans la paroi, ils bondirent comme un seul homme en tirant devant eux un jet continu de flux paralysant. Linndhar, l'équipage et les canonniers s'écroulèrent, figés dans une grimace de stupeur intense, sans même avoir eu le temps de dégainer leurs armes.

— Pour un roi, tu ne te débrouilles pas mal au combat ! s'exclama Bertrand en riant de bon cœur.

— Trêve de plaisanterie ! sourit-il. Linndhar et ses comparses en ont pour une bonne heure avant de recouvrer l'usage de leurs membres et nous, nous avons aussi beaucoup de choses à faire.

Ils redescendirent au sol et, en les voyant sortir de l'élévateur, Korlof poussa un rugissement de joie. En lui s'éveillait de nouveau l'allégresse du chasseur qu'il avait été...

Tous quatre, en prenant l'élémentaire précaution de marcher sur les sillons d'herbe brûlée, se dirigèrent vers l'aéronef au bas duquel venait d'apparaître Djaïnahin. Celle-ci se jeta dans les bras de son époux :

— Bravo, Rob le Fort. Ta ruse... *Tes* ruses ont magnifiquement réussi et, grâce à toi, à nos amis, nous sommes maîtres de ce redoutable appareil de combat.

Korlof dirigea son pistolet fulgurant vers le ciel et tira une salve de rayons violacés. A ce signal, sur l'autre rive du fleuve des barques taillées dans des troncs d'arbres furent mises à l'eau par les primitifs cachés jusqu'ici dans les rochers. Rapidement, ils prirent pied sur l'îlot et, suivant à la lettre les consignes reçues, ils entreprirent tout d'abord de délivrer les malheureux des pièges qui avaient brisé leurs chevilles.

— Transportez-les dans la cabine de la grande machine volante ! ordonna Rob. Ils seront soignés sur l'île Nouvelle.

— Crois-tu qu'ils pourront jamais marcher, avec une cheville brisée ? s'étonna Normandiv.

Djaïnahin répondit à la place de son compagnon :

— Ils le pourront, Normandiv, rassure-toi. Leurs os brisés seront remplacés par des os...

artificiels. Bientôt, tu comprendras ce que j'entends par là, quand tu auras subi, comme ce fut le cas pour Rob et ses amis, un transfert mémoriel de connaissances.

— Un..., un quoi ? fit-il en fronçant les sourcils, perplexe.

— Un charme magique, père, sourit Louisa. Tu verras, c'est une chose très agréable.

Hervé s'approcha d'eux :

— Tout est prêt, Rob. Les Atlantes « sonnés » par les flèches emboulées sont ficelés et gardés par les nôtres ; quant aux blessés, ils ont été pourvus d'un garrot et Bertrand surveille leur embarquement.

— Très bien. A présent, seconde phase des opérations... La plus délicate et la plus périlleuse aussi car, si nous devions échouer, ce serait la condamnation de tous nos frères à l'esclavage sous la férule de Borlhou !

***

Le régent, dans les appartements princiers qu'il avait fait siens, attendait avec une impatience croissante un nouveau message de Linndhar. Le premier n'était guère réjouissant qui lui avait annoncé la mise hors de combat des deux commandos. Après plus d'une heure de silence, un nouveau message lui parvint enfin.

Sur l'écran du télévisionneur portatif qu'il avait amené dans les appartements de la souveraine, il vit apparaître l'image de Linndhar, plus détendu :

— Nous avons enfin réussi, Borlhou ! Mais il

s'en est fallu de très peu que nous tombions victimes de la ruse incroyable de ce barbare, Rob le Fort et de sa chienne ! Les nôtres étaient décimés, nous-mêmes avions été paralysés à bord de l'aéronef de combat et...

— Quoi ? s'exclama Borlhou, incrédule. Mais les paralysateurs dont disposait Djaïnahin ne pouvaient rien contre vous, bien à l'abri dans la coque de l'aéronef !

— Rob et trois de ses comparses s'y étaient introduits en trompant notre vigilance. Car je dois te l'apprendre, Borlhou : Djaïnahin a soumis, avant son départ de l'Arche du Temps, Rob et quelques-uns des siens à un transfert mémoriel de connaissances. Ce n'était plus des sauvages que nous avions devant nous, mais des êtres aussi évolués que nous et aussi habiles à manier nos armes. J'étais dans une rage folle et je...

Devant son hésitation, Borlhou s'impatienta :

— Eh bien, parle, Linndhar ! Que me caches-tu ?

— Pardonne-moi, Borlhou, mais je n'ai pas pu maîtriser ma colère et je..., j'ai dû...

— Par tous les dieux, Linndhar, vas-tu finir par m'expliquer au lieu de bégayer comme un imbécile ?

— Oui, Borlhou, pardonne-moi... Et regarde...

Orientant le champ de la télécaméra du poste de commande, Linndhar fit apparaître sur l'écran la partie opposée de la cabine : là, les mains liées, Rob, Hervé, Korlof et Bertrand l'Adroit gisaient contre la paroi de métal, affalés sur le sol. Rob portait sur la joue droite une estafilade sanglante ; Korlof, dont le torse puissant se soulevait et s'abaissait sur un mode rapide, gémissait, grinçait des dents, la cuisse droite en sang. Hervé et Bertrand, une plaie à la tête, avaient perdu connaissance.

La caméra cadra ensuite, vers la gauche, l'image de la princesse, l'air hagard, hébétée, son pagne déchiré, ses longs cheveux devant ses yeux.

— Que lui as-tu fait ? hurla Borlhou. Tu pouvais torturer ou tuer ses complices mais pas elle, Linndhar, pas elle ! J'ai... Nous avons besoin de...

— Rassure-toi, Borlhou ! s'empressa-t-il d'ajouter. Elle n'est pas blessée. Elle a été prise de..., d'une crise de fureur démentielle quand elle a vu le traitement que nous infligions à ses complices et j'ai dû la frap..., la gifler, se reprit-il. Depuis, elle est comme ça, prostrée... Mais nous parviendrons à la rendre à son état normal...

— Je l'espère, Linndhar, je l'espère... *pour toi* ! Je veux une Djaïnahin folle, d'accord, mais pas ça, pas cette femelle hébétée, inconsciente ! Je ne veux pas qu'on nous accuse de..., de l'avoir nous-mêmes rendue dans cet état et incapable d'articuler un mot ! Maintenant, rentre immédiatement à la base !

Un quart d'heure plus tard, l'aéronef de combat se posait sur l'esplanade aménagée devant la face nord de l'Arche du Temps. Borlhou et les membres du Conseil de Régence étaient là, avec une notable partie de la colonie Atlante, pour accueillir Linndhar ; Linndhar dont Borlhou avait préalablement chanté les louanges et la courageuse conduite au cours de cette opération menée contre les barbares que Djaïnahin, dans sa folie, avait osé dresser contre l'autorité du Conseil.

Le large panneau galbé de l'élévateur axial s'ouvrit, livrant passage à Linndhar, suivi par Rob et Hervé, les mains liées, qui s'efforçaient de soutenir Korlof blessé à la jambe. Derrière eux marchait Bertrand, l'air hagard, aux côtés de Djaïnahin, hébétée, ses longs cheveux emmêlés tombant sur son visage. L'équipage et les cinq canonniers apparurent à leur tour.

Le singulier cortège s'arrêta devant le Conseil et Borlhou, après avoir abaissé un regard méprisant sur les vaincus, se tourna vers « son » peuple :

— Voilà, Fils d'Atlantis, ceux qui ont cru pouvoir détruire notre colonie et voilà, surtout, celle dont la folie a bien failli causer notre...

Il n'eut point le temps d'achever.

Lâchant les liens qui paraissaient lier ses poignets, Rob se rua sur lui et d'un formidable direct dans la mâchoire l'envoya rouler sur le sol.

Cessant de jouer les éclopés — avec leurs blessures factices teintées d'hémoglobine empruntée au bloc chirurgical de l'aéronef de combat — Hervé la Chance, Korlof et Bertrand l'Adroit tombèrent à leur tour sur les membres du Conseil qui ne tardèrent point à mordre la poussière !

Rejetant d'un vif mouvement de tête ses longs cheveux en arrière, Djaïnahin extirpa de son pagne un fulgurant. A son appel, de la cabine de l'élévateur jaillit Louisa, suivie d'une vingtaine de primitifs armés d'arcs bandés sur leur flèche et prêts à tirer.

Interloqués, ne sachant quel parti adopter, les Atlantes comprirent alors pourquoi Linndhar semblait s'être prêté à cette mascarade : il n'était pas le complice de Djaïnahin et de ses compagnons mais leur prisonnier, au même titre que l'équipage et les canonniers ! C'était donc contraint et forcé qu'il avait dû jouer ce rôle.

La jeune souveraine s'avança. Les dents soudées par la colère, elle apostropha son peuple frappé de stupeur tandis que Rob et Hervé, eux, se précipitaient avec quelques hommes vers l'auvent d'accès à l'Arche du Temps.

— Fils d'Atlantis ! Comment avez-vous pu croire un seul instant les abominables mensonges de Borlhou, ce traître jaloux du pouvoir ? Le régent ne songeait qu'à me déposséder pour assouvir sa soif de domination et sur vous et sur ces malheureux primitifs du continent Est.

De la forêt proche, sortit Wolnag, l'ami d'enfance de la jeune femme, qui courut vers elle et la serra fraternellement dans ses bras. Puis il se tourna vers ses congénères :

— Fils d'Atlantis ! Djaïnahin, notre Princesse Bien-aimée, dit vrai ! Avant de fuir, hier soir, Larkylon s'est confié à moi et m'a dit sa conviction en la culpabilité de Borlhou ! Il le soupçonnait d'avoir ourdi un projet monstrueux, d'avoir tenté de faire assassiner ma femme... Car Rhalnoa n'a absolument pas pu être assommée et poignardée par l'un des fidèles compagnons de Rob ! Partageant pleinement cet avis, j'ai dû fuir, moi aussi, dans la forêt pour me soustraire au régent...

Revenant lentement à lui, ce dernier se mit sur un coude et lança d'une voix chevrotante :

— Mensonge ! Cette calomnie est...

Normandiv, à ses côtés, leva un regard interrogateur sur Djaïnahin qui inclina affirmativement la tête. De son poing fermé animé comme un pilon, le chef des hommes de la rivière lui assena sur le crâne un coup qui le renvoya pour quelques instants encore au pays des songes peuplé de gazouillis d'oiseaux et de joyeux carillons !

Rob et Hervé reparurent, apportant au pas de course un coffret de métal qu'ils déposèrent aux pieds de la jeune reine. Celle-ci leva la main pour réclamer le silence :

— Fils d'Atlantis, voici la preuve de ce que j'ai avancé.

Elle souleva le couvercle du coffret dont l'intérieur dissimulait un écran et manipula des commandes en ajoutant :

— Rapprochez-vous afin de voir ces images et d'entendre ces paroles.

Intrigués, les Atlantes firent cercle en essayant de distinguer les images qui défilaient sur l'écran. L'on y voyait Borlhou, dans ses appartements, s'entretenant avec Linndhar, Taldhour l'astrophysicien et apostrophant Nourlatho devant les seuls membres du Conseil qui lui étaient fidèles. Le régent reprochait à Nourlatho d'avoir échoué dans sa tentative d'assassinat sur la personne de Rhalnoa, l'épouse de Wolnag !

Devant ces images et ces propos criminels accablants, les Atlantes restèrent pantois de stupeur puis la colère les gagna et lorsque Borlhou, sur l'écran, exposa à ses complices son plan visant à faire passer la jeune princesse pour folle, des imprécations, des menaces fusèrent de la foule. Certains voulurent même lyncher sans autre forme de procès le régent félon et sa clique, mais Djaïnahin les arrêta :

— Non, Fils d'Atlantis ! Je réserve à Borlhou et à ses complices un meilleur sort que le lynchage ! Le Centre Sanitaire a besoin d'organes vivants pour être un jour greffés sur ceux des nôtres qui, victimes d'accident ou de maladie, survivront au prix d'une transplantation.

» Gardes, appela-t-elle. Conduisez Borlhou et tous les membres du complot au Centre Sanitaire. Ainsi, à défaut d'avoir été utiles de leur vivant, ils serviront au bien de la communauté après leur mort !

Et tandis qu'on emmenait les criminels — qui se débattaient, fous de terreur — vers leur juste châtiment, Djaïnahin s'approcha de Rob et prit son bras pour s'adresser à son peuple :

— Fils d'Atlantis ! Rob le Fort est devenu mon époux. Vous lui devez les mêmes égards qu'à moi-même..., et bien de la reconnaissance aussi, car sans son courage, sans toutes les ruses qu'il a si bien su déployer, je ne serais pas vivante. Et vous, sans doute, vous auriez été condamnés à vivre dans une dictature que Borlhou n'aurait pas tardé à rendre insupportable. Assoiffé de pouvoir, décidé à réduire nos amis les hommes du continent Est en esclavage, il aurait fait de la Nouvelle Atlantide un foyer d'oppression !

» Ces hommes, les valeureux compagnons de Rob le Fort sont courageux, combatifs mais, aussi, pacifiques et bons. Ils ont subi le transfert mémoriel des connaissances et sont devenus nos égaux. Dès demain, nous soumettrons tous les membres de leurs tribus — celle de la rivière et celle du Nord — à ce traitement. Et, plus tard, avec leur concours, nous ferons évoluer aussi rapidement d'autres clans, d'autres tribus afin de pouvoir, dans un délai raisonnable, reconstituer le potentiel démographique qu'exige une civilisation technologique. Et en cela, cette Encyclopédie Quillet, sauvée du cataclysme, transmise de génération en génération par les Sages de la tribu, nous sera d'un grand secours pour aider à comprendre vos « Anciens-anciens ». Ensemble, nous rebâtirons une civilisation « Euro-Atlantéenne ». Eduqués dans le respect de l'homme, pétris de sentiments altruistes qui, trop souvent, font défaut aux sociétés dites évoluées, ses représentants partiront à la conquête de l'espace, établiront des contacts avec d'autres espèces pensantes de l'Univers et, peut-être, retrouveront dans le cosmos ces Extraterrestres dont les Anciens-anciens avaient fait des dieux.

» Ces dieux bons et pacifiques revenus, à la veille du grand cataclysme, sauver de l'anéantissement bien des hommes, des femmes et leur progéniture à défaut de pouvoir soustraire au chaos et à la fin du monde la totalité de ses habitants.

» Que cette Arche du Temps qui traversa les millénaires soit le point de départ d'une nouvelle humanité, d'une humanité fraternelle mais impitoyable aussi pour tous ceux qui tendraient à la corrompre et à la jeter dans l'horreur d'un conflit !

» Fils d'Atlantis et vous, Frères du continent de l'Est, j'ai dit...

*Achevé d'imprimer en janvier 1991*
*sur les presses de l'Imprimerie Bussière*
*à Saint-Amand (Cher)*

Dépôt légal : février 1991.
N° d'Impression : 153.

*Imprimé en France*